사랑, 어쩌면 그게 전부

사랑,
어쩌면
그게 전부

김선우 지음

모든 사랑의 순간마다 함께할
마흔네 가지 사랑 이야기

21세기북스

프롤로그

사랑 혹은 사랑 이야기는 아이러니합니다. 남이 하는 사랑은 유치하고 보잘것없어 보이니, 우리는 남의 사랑에 정색하며 귀 기울이지 않습니다. 남의 사랑이 아니라 나의 사랑일 때, 사랑은 압도적이고 무서운 진면목을 보여줍니다. 사랑에 빠진 우리는 종종 아무것도 알 수 없고 할 수도 없는 무력한 어린아이가 되고 맙니다. 그러곤 후회합니다. 왜 남의 사랑 이야기를 경청하지 않았던가?

이 책을 들고 있는 당신은 분명 사랑을 했거나, 하고 있을 겁니다. 사랑에 빠졌기에 듣고 싶은 것이, 보고 싶은 것이, 배우고 싶은 것이 많아진 겁니다. 미열 자욱한 모호함 속에서도 한 가지 확실한 두근거림이 있을 거예요. 내게 필요한 모든 것, 그것은 사랑일 뿐! 나의 사랑일 뿐! 사랑은 결국 2인칭도, 3인칭도 의미가 없는 절대적으로 1인칭의 사건인 셈입니다. 자신의 심장 박동을 확실하게 느낄 수 있는 것이 오직 스스로이듯, 바로 당신의 사랑만 있는 겁니다.

사랑, 당신이 살아내야만 하는 것. "사랑이 없다면 삶이란 아무 의미가 없다네"라고 저는 자주 말합니다. 인간에 대한 가장 정직한 설명은 "사랑하고 사랑받기를 원하는 존재"라고 여전히 생각합니다. 그러므로 더 잘 사랑할 수 있기 위해 필요한 내적 힘들에 대해 생각합니다. 사랑 아닌 것이 사랑이라 강요될 때 생기는 상처들에 대해서도 깊이 생각하지요. 사랑 아닌 것에 속아서 삶의 에너지를 낭비해선 안 되니까요.

점점 더 사랑하기 어려워진다고들 합니다. 삶의 조건이 너무나 고단해져가니까요. 이 책은 사랑에 대해 오래 관찰하고 경험해온 한 글쟁이가 당신의 멋진 사랑을 응원하며 보내는 편지 한 묶음입니다. '오직 당신'의 사랑을 개척하고 누리는 데 도움이 될 만한 아주 작은 단초라도 이 책에서 발견할 수 있게 된다면 기쁘겠습니다. 더 근사한 사랑을 통해 당신이 당신만의 생을 환하고 생기발랄하게 살아내는 데 조금의 힘이라도 된다면 좋겠습니다.

사랑 속으로, 세상 속으로, 용감하게 전진하는 당신은 오직 당신입니다. 당신이 행복해져야 세상이 행복합니다.

2017년 봄

김선우

차례

2장

사랑, 섹스
그리고 결혼에 대하여

3장

행복한 사랑꾼으로
거듭나는 방법

4장

사랑 너머
더 넓은 사랑으로

에필로그

내 생을 사랑하지 않고는
다른 생을 사랑할 수 없음을 늦게 알았습니다
그대보다 먼저 바닥에 닿아
강보에 아기를 받듯 온몸으로 나를 받겠습니다

－「낙화, 첫사랑」 中, 『내 몸속에 잠든 이 누구신가』

1장

사랑에 관한
애절한 편견들

사랑을 시작한 날,
별자리 하나가
새로 생겼다

아름다운 구도자 틱낫한 스님은 모든 사랑은 첫사랑이라며 사람들의 사랑을 격려한다. "당신의 첫사랑은 시작도 없고 끝도 없다. 당신의 첫사랑은 당신의 맨 처음 사랑도 아니고 맨 나중 사랑도 아니다. 그것은 그냥 사랑이다. 그것은 모든 것과 함께 있는 사랑이다"라고.

나의 진짜 연애가 첫사랑 이후에 시작된 것처럼, 사랑 이후에 사랑이 온다.

매번 처음인 사랑.

사랑이 거듭될수록 사랑의 기술이 늘어나느냐고? 천만에. 서로 다른 사람들이 만나서 맺는 관계이니, 모든 사랑은 처음 하는 사랑이나 마찬가지다. 다만, 사랑이 거듭될수록 분명히 알게 되는 진실이 있다. 서툴러 힘들거나 너무 사랑해서 가슴 아프거나 배반당하거나 권태롭거나 한 사랑들을 지나면서 우리는 알게 된다. 태어난 사랑은 성장하고, 성장한 사랑은 차츰 늙어가며, 언젠가는 죽는다는 것을.

사랑의 죽음을 흔히 '사랑이 식는다'라고 표현하지만, 나는 사랑의 죽음이라는 표현이 훨씬 진실에 육박한다고 느낀다. 뜨거워진 다음엔 식는다는 단선적 절차성이 아니라, 사랑의 죽음은 그보다 훨씬 총체적인 사건이다. 사랑은 두 사람이 이전에 겪어본 적 없는 전혀 새로운 관계성의 세계를 탄생시키는 사건이고, 이 사건을 온몸으로 창조한 주체들이라면 사랑의 죽음을 거쳐야 비로소 관계가 정리된다. 태어난 것이 제대로 죽은 다음에야 다시 새로운 것이 태어날 수 있는 것처럼. 뜨거워졌다가 식어버리면 쿨하게 안녕인 사랑은 없다. 그런 연애는 가능해도, 그런 사랑은 불가능하다. 그래서 사랑은 위험하고, 그러므로 사랑은 사람을 성장시킨다.

이제 막 사랑을 시작한 젊은 벗들이 깜짝 놀라며 묻는다.
"사랑이 어떻게 변해요?"
"변한다면 그건 애초에 사랑이 아닌 거겠죠!"
"사랑이 어떻게 죽어요?"

언젠가 죽을 것을 알면서도 최선을 다해
살아가는 인생의 기적처럼,
언젠가 죽을지라도 오늘 최선을 다해
사랑하는 사람들이 서로를, 세상을, 꽃피워간다.

"왜?"

"왜!"

사랑은 변한다.

변하기 때문에 사랑은 인간의 영원한 화두다. 사랑이라는 뜨거운 감자를 가슴에 품고 쩔쩔매는, 모든 사랑의 역사는 그래서 찬란하다. 사랑이 영원한 것이라서 영원한 인간의 화두가 된 것이 아니라, 영원하지 않기에 영원한 인간의 화두다.

사랑의 탄생이 얼마나 기적 같은 일인지 알기 때문에 사랑의 죽음을 인정하는 것은 어렵다. 사랑의 시작이 감미로울수록 사랑의 질병과 죽음을 떠올리기 싫은 것이 인간의 마음이다. 사랑의 불멸성에 대한 집착은 불멸과 영원성의 관을 쓴 신에 대한 집착만큼이나 오랜 역사를 지녔다. 결혼식장에서 '우리 사랑이 영원해야 한다'는 서약을 하는 이유도 불안하기 때문이다. 하지만 사랑을 경험할수록 드러나는 진실은 사랑이 영원하지 않다는 것이다. 지향하는 것과 현실의 괴리 앞에서 우리는 자주 당혹스러워하며 길을 잃는다.

우리는 왜 이렇게 사랑의 죽음을 두려워할까? 사랑이 영원하지 않음을 직시하는 것이 왜 그토록 불경한가? 사랑의 비영원성은 오늘의 사랑이 우리에게 얼마나 소중한 것인지 일깨우며, 사랑의 필멸성은 지금 이 순간을 가장 열렬히 누리게 하는 값진 열쇠 아닌가.

사랑은 탄생 자체로 영원해야 한다는 집착을 버리지 못했을 때 내 사랑은 더없이 가난했다. 가꾸고 노력하지 않으면 사랑의 퇴색은 육체의 변화보다 훨씬 빨리 온다. 사랑을 통해 삶의 유의미한 부분들이 지속적으로 성장하는 느낌, 영혼의 고양감을 느낄 수 없게 될 때 사랑은 불편한 자루를 뒤집어쓴 것처럼 막막해진다.

세상 모든 것은 변한다. 물질도 마음도 모두 변한다. 세상에 변하지 않는 유일한 진리가 있다면, 그것은 세상 모든 것이 변한다는 사실이다. 사랑을 불변의 이데아로 만들어놓고 '영원하고 변함없는 사랑'을 찬미하는 것은 서둘러 사랑을 죽이는 일에 가깝다. 불멸과 영원을 고집할수록 오히려 빨리 늙고 병드는 것이 사랑이다. 집중해야 할 것은 사랑이 영원해야 한다는 집착이 아니라, 내게 찾아온 사랑의 상태―기적과도 같은 이 마음을 최상급으로 누리며 어떻게 더 잘 보살펴서 매일 충만하게 할 것인가, 하는 성찰이다.

잘 보살피려는 노력에 따라 근사하게 성장시킬 수도 있고 노화를 더디게 할 수도 있는 것이 사랑이다. 육체의 노화는 막을 수 없는 절대 법칙이지만, 마음의 노화는 막을 수도 있다. 애초에 불멸로 온 사랑은 없다는 것을 정확히 인식하고 마음을 보살피는 일에 최선을 다해야 아주 간신히 불멸의 가능성이 생겨난다.

마음의 주인이 관리하는 저마다의 영지에서 영주로서 개인이 자신의 사랑에 얼마나 열렬한가, 창조적인가, 좋은 방향으로 잘 변화시키려고 노력하는가에 따라 사랑의 질은 달라진다. 매일 매순간 새롭게 창조해야 하는 것이 사랑이라는 것. 노력하고 수고하며 공들여야 하는 것. 사랑을 통해 한 인간의 진면목을 볼 수 있는 이유도 사랑이 몹시 수고로운 특별한 노동이기 때문이다. 이 특별한 몸과 마음의 노동을 어떻게 감당하며 성장시켰는지를 가늠해보면 인생이 보인다. 한 인간의 사랑의 궤적이 대개 인격의 궤적과 함께하는 이유, 인간의 사랑이 특별한 이유다.

언젠가 죽을 것을 알면서도 최선을 다해 살아가는 인생의 기적처럼, 언젠가 죽을지라도 오늘 최선을 다해 사랑하는 사람들이 서로를, 세상을, 꽃피워간다.

이제 막 첫 번째 사랑을 시작한 젊은 벗.

사랑을 잘 돌보고 성장시킬 수 있는 사람과 그렇지 못한 사람이 있다. 사람을 잘 성장시키는 사람과 사람을 소모하는 사람이 있는 것과 마찬가지다. 당신이 사랑을 통해 자신과 상대를 더 잘 성장시킬 수 있도록 돕는 쪽에 있기를 바란다.

당신이 사랑을 시작한 날, 세상에 별자리 하나가 새로 생긴

것임을 잊지 마시길. 지상에 사랑으로 맺어진 관계 하나가 새로
이 탄생했다는 것은 타인이라 불리던 두 사람이 만나 새로운 인
격을 출현시켰다는 것이다. 당신 자신이 포함된 그 성좌의 인
격, 당신과 당신의 파트너가 만들어갈 새로운 인격의 변화와 성
장이 드높고 아름답길 응원한다.

당신에게 영혼을 주는 사랑이 언제나 첫사랑이다.

사랑,
가장 윤리적인
세상의 일

부엌에서 설거지를 하다가 부엌 창을 통해 별이 눈에 들어올 때, 그만 들고 있던 그릇을 놓치고 울어버린 적이 있냐고, 당신이 물었다. 부엌이라는 일상적인 공간에서 마음의 준비 없이 덜컥 별을 만난 이후부터 조금씩 그림을 그리기 시작했다고, 당신이 말했다. 아주 오래전 화가를 꿈꾸던 때가 나에게도 있었다며 당신이 웃을 때, 세상이 잠깐 눈부셨다.

　별을 바라보는 일을 잊지 않는다면, 먼 데 천문대까지 발품을 팔지 않고도 내 집 부엌 창으로 날마다 별을 볼 수도 있다는 걸, 그림을 다시 그리면서 알았다고 했다. 부엌 창으로도 별을 볼 수 있다는 것을 잊지 않는다면, 스스로를 지킬 수 있을 거라

믿었다고 했다. 그럴 때 당신은 아주 환했다. 그래서 나는 슬펐다. 당신이 왜 그런 말을 하는지 알고 있었으므로.

사랑은 지속적으로 돌보고 가꾸어야 하는 마음의 생명체다. 당연히, 이 생명체를 애초에 낳은 두 사람이 함께 돌보아야 하는 일이다. 변화하는 생명체의 호흡을 면밀히 관찰하며 필요할 때 물을 주고, 잡초를 뽑아주고, 벌과 나비가 날아다니게 하고, 때로는 비옥한 토양을 더 공급해주고, 가끔은 이 세상에 단둘만 존재하는 듯 우주 바깥으로 소풍을 나가 외계의 바람을 쐬고 돌아와야 할 때도 있다. 사랑을 잘 돌보는 데는 이렇게 많은 노력이 필요하다. 자신의 삶에서 무엇이 가장 귀한지 알고 있는 사람들은 그래서 다른 무엇보다 사랑에 시간을 들이고 잘 지켜내려고 노력한다. 세상의 속도에 쫓겨 정신없이 살다가 문득 정신을 차렸을 때, 내게 가장 귀한 것이 죽어가고 있음을 알아차리면 이미 늦은 경우가 많으므로.

내 집 부엌 창으로도 별을 볼 수 있다고 힘주어 말하는 당신에게, 나는 아니라고 말해주었다. "매일 부엌 창으로만 별을 본다면 그것도 좋지 않은 일이야." 나는 부러 장난스럽게 말했다. "질리잖아! 그래서 때로 천문대를 찾고, 가까운 빌딩의 옥상을 찾고, 들판을 찾고 바닷가를 찾아가는 거야. 캠핑카를 몰고 노르웨이 숲에도 가고, 피오르 해안에도 가는 거고! 괜찮아. 그래도 돼. 별은 늘 거기에 있지만, 우리는 때로 다른 곳에서 별을 바라보고 싶고 꼭 그래야 하는 때가 오기도 하는 거야."

나를 가만 바라보던 당신의 두 눈에 결국 눈물이 고였다. "너, 이런 거 싫어하잖아. 질색할 거라고 생각했는데, 그래도 말하고 싶었어." 당신의 손을 잡아주는 일밖에 내가 할 수 있는 일이 없었다. "응. 불륜, 싫어하지. 불륜은 윤리가 아니라는 말이잖아. 그런데 말이야. 내가 아는 한 가장 윤리적인 세상의 일은 사랑이야. 사랑을 잘 보살피려고 노력하는 일만이 윤리적이야. 당신은 사랑을 보살피려 충분히 노력했고, 당신 파트너는 하지 않았어. 그러니 누구도 당신에게 뭐라 못해. 괜찮아. 누려도 돼. 하고 싶은 대로, 맘껏 그래도 돼."

최선을 다해 노력해도 사랑이라는 생명체는 곧잘 식어버리는 변덕쟁이인데, 노력하지 않는다면 결과는 뻔하다. 사랑을 낳은 두 사람 중 한 사람이 사랑을 돌보는 일에 무심해지면, 남은 한 사람은 시름시름 무력감의 연옥을 경험한다. 그러다 지치면 병약해진 사랑을 잊고 싶어서 눈앞의 사랑 바깥으로 나간다.

남편 아닌 사람과 사랑에 빠졌다는 당신을 나는 조금도 탓하고 싶지 않다. 나는 당신이 최선을 다했다는 것을 알고 있다. 병약해진 사랑을 살리고 싶어서 지금도 당신이 노력 중이라는 것도.

"어느 날 정말이지 숨이 쉬어지지 않아서, 한참을 걷다가 미술관에 들어갔는데, 내가 처녀 때 좋아하던 그림이 있는 거야. 그 앞에서 한참 서성였고, 우연히 만났어. 많은 이야기를 나누었고. 좋더라, 그냥. 그렇게 많은 이야기가 내 안에 있다는 게, 내가 아직 그런 이야기들을 그렇게나 많이 할 수 있다는 게."

나는 진심을 다해 고개를 끄덕였다. 가족을 비롯해 내 주위엔 압도적으로 여자들이 많다. 나이가 들어가는 만큼 알고 지내는 여자들의 연령대도 20대부터 60대까지 스펙트럼이 넓다. 불륜 비슷한 것을 꿈꾸는 여자들의 마음엔 비슷한 점이 있다. 남자들이 실제로 불륜을 자주 저지르는 것에 비해 여자들은 꿈은 꾸어도 실제로는 많이 머뭇거린다. 혼외 관계인 이른바 불륜을 시작하거나 유지하는 사람들이 사회적 통념으로 흔히 재단하듯 성적 쾌락에만 탐닉하는 것은 아니다. 간혹 그런 이들이 있다 해도 소수다. 대부분은 다음 맥락에 더 가깝다.

"성적인 쾌락은 환유적인 것이 아니다. 일단 얻고 나면 끝이 나는 그런 것이다. 그것은 언제나 닫힌 축제, 잠시 열린다 해도 금지에 의해 통제받는 그런 축제다. 반대로 다정함은 무한한, 충족될 줄 모르는 환유다. 다정한 몸짓이나 에피소드가 중단될 때 내 마음은 찢어지는 듯하다."(롤랑 바르트, 『사랑의 단상』)

롤랑 바르트의 이런 고찰은 사랑과 불륜에 대한 이해에도 탁월하게 적용 가능하다. 일단 얻고 나면 끝이 나는 성적 쾌락을 위해서라면 불륜 관계는 오래 지속되지 않는다. 지속되는 불륜에는 다른 열망이 있다. 다정한 몸짓과 풍성한 에피소드, 이른바 다정한 환유의 세계를 꿈꾸는 것이다.

좋은 음악, 미술, 문학, 공연 등 인간의 정신에 영향을 미치는 것들을 함께 즐기고 싶은 마음, 따뜻한 포옹, 존중과 애정의 입맞춤, 다정한 손길 같은 것. 그 무엇보다 그들을 들뜨게 하는 것은 정서적 결합의 욕망이다. 육체의 욕망보다 앞서고 지속적인 듯한 그것은 일종의 우애감에 가까운 경우가 많다. 세상에서 자신을 가장 소중히 여기며 귀하게 대해주는 사람과의 관계를 통해 자신의 내면을 진정으로 이해받고 싶어하는 것. 상대를 배려할 줄 모르거나 일상이 된 결혼 생활 동안 배려해야 한다는 의식 자체를 잊어버린 남편과 아내의 마음속에는 결핍감이 자라난다. 아이에게만 관심 있고 남편은 안중에 없는 아내, 직장과 일에만 관심 있고 아내에게는 관심 없는 남편, 모두 마찬가지다. 한때 자신을 세상의 주인공으로 만들어주었던 사랑의 힘이 쇠퇴하고 사려 깊은 배려와 다정함이 사라진 자리에 밥 먹고 자고 씻고 일하는 생활만 남을 때, 자기 생의 자존감이 바닥을 향해 내려가고 있다고 느낄 때, 어디에서든 응급처치가 필요해진다.

프로이트의 연구 대상자 중 도무지 불평할 것 없는 삶을 살았던 어떤 사람이 생의 마지막 순간에 했다는 이런 인터뷰가 기억난다. "나는 70년을 넘게 살았어요. 충분히 많이 먹었고, 충분히 많이 즐겼어요. 한두 번 나를 가장 잘 이해해준 사람을 만났지요. 무얼 더 바라겠습니까?"

70평생에 한두 번 자신을 이해해준 사람을 만났다는 것. 이것은 슬픈 일일까, 아니면 한두 명이라도 만났으니 다행한 일일까?

분명한 것은, 뜨겁게 사랑해서 결혼에 이른 파트너들은 생의 한 시기에 분명 서로를 가장 잘 이해했거나 이해하고자 했던 사람들이라는 거다. 그들이 창조한 사랑이라는 생명체를 지속적으로 돌보고 가꾸어야 할 책임은 둘 모두에게 있다. 서로를 늘 배려하고 평안한 상태인지 관찰하고 힘을 주고 더 좋은 시간을 함께 보내려고 노력하며 꾸준히 정성을 다하는 커플들에게서는 불륜이 일어날 확률이 극히 적다. 흔히들 결혼 관계의 한쪽이 외도를 해서 결혼이 깨졌다고 말하는데, 20퍼센트는 맞고 80퍼센트는 틀리다. 정직하게 보자면, 불륜이 발생해서 결혼 생활이 파괴되는 경우보다 이미 결혼 관계가 지속할 만한 의미를 잃어버렸을 때 불륜이 발생할 확률이 훨씬 높다.

오늘은 입에서 입으로 전해지며 오래도록 지구별을 순례 중인 사랑의 전언을 당신에게 보낸다.

"한 생명을 구한 자는 전 세계를 구한 것과 같고, 한 생명을 파괴하는 자는 전 세계를 파괴하는 것과 같다."

삶이라는 생명의 서사에 가장 빛나는 생기를 부여하는 사랑을 지키기 위해 오늘 우리는 무엇을 해야 할까? 이렇게 바꿔 말해본다.

"한 사랑을 구한 자는 전 세계를 구한 것과 같고, 한 사랑을 파괴하는 자는 전 세계를 파괴하는 것과 같다."

병약해진 사랑에 생기를 부여하기 위해 애쓰는 당신의 모든 노력은 옳다.

만약에 말이지 이 사랑 깨져
부스러기 하나 남지 않는다 해도
안녕 사랑에 빠진 자전거 타고
너에게 달려간 이 길을 기억할게

사랑에 빠져서 정말 좋았던 건
세상 모든 순간들이
무언가 되고 있는 중이었다는 것

행복한 생성의 기억을 가진
우리의 어린 화음들아 안녕

– 「사랑에 빠진 자전거 타고 너에게 가기」中,『나의 무한한 혁명에게』

사랑에
독립을
논하지 마라

간혹 이런 고백을 들을 때 속상하다.

"제가 자존감이 너무 낮아서 그 사람에게 지나치게 애착하는 경향이 있나 봐요. 제가 너무 의존적이어서 그 사람을 힘들게 하나 봐요. 그래서 우리 연애가 힘들어지는 것 같아요."

아니다. 당신들의 관계가 힘든 이유를 왜 당신에게서만 찾으려고 하는가? 연애는 상호작용이다. 당신은 사랑을 원하는데 상대는 사랑이 아니거나, 당신들이 잘 맞지 않는 상대이기 때문에 관계가 힘들어지는 거다.

이런 고백에는 자존감, 애착, 의존성에 대한 오해가 얽혀 있다. 먼저 간단히 전제하자. 당신의 자존감이 낮아서 상대에 대한 애착이 심하게 나타난다기보다 애착이 충분히 받아들여지지 않아서 자존감이 훼손되는 경우일 가능성이 더 높다(자존감에 대한 이야기는 다른 장에서 좀 더 나누기로 하자). 일단, 일방적으로 자신을 비하하는 자책부터 멈추고 찬찬히 한번 생각해보자.

많은 사람들이 연애 중인 사람과의 관계에서 독립적이어야 한다는 강박을 은연중에 갖는다. 독립적인 삶을 강조하는 현대 사회의 요구 때문일 것이다. 원칙적으로 옳긴 하지만, 연애라는 특별한 감정의 사건에 경제사회적 맥락의 독립성을 그대로 적용할 때 '감정의 억압' 문제가 생기기 쉽다. "남자는 일생에 세 번만 울어야 한다, 누구에게도 의존해서는 안 된다"면서 남성을 강한 남자 판타지로 몰아넣는 경향도 안타깝고, 먼저 연락하거나 보고 싶어하면 상대에게 의존적으로 보일까 봐 자존심이 상한다는 여성들의 고백도 답답하다.

세상 모든 일이 그렇듯, 의존성 역시 접근 방식에 따라 다른 맥락과 의미를 구성한다. 사람은 친밀한 유대 관계를 맺고 싶어 하는 사회적 동물이다. 다수와의 폭넓은 친밀성을 중요하게 생각하는 유형인지, 소수와의 깊은 관계를 중요하게 생각하는지는 개인의 성향에 따라 달라지지만, 어떤 경우든 우리는 완전히 혼자로 살아가기를 원하지 않거니와 그럴 수도 없다. 말에 대한 부정적 편견이 감정을 억압하거나 검열하게 하는 예 중 하나가 의존성이다. '의존한다/의지한다'는 말에 지나친 경계심을 가질 필요는 없다. 기대어 있는 존재들을 형상화한 사람 '인(人)' 자처럼 인간은 상호의존적 존재다.

현대사회에서 미덕이라고 강조되는 자립심에 대한 강박은 우리를 불행하게 하고 삶을 공연히 힘들게 만들기 쉽다. '안 주고 안 받겠다' '의지하지 않는 만큼 책임도 지지 않겠다'라는 관계 단절성이 독립 혹은 자립으로 오해될 때, 진정한 만남을 빚어내기가 점점 어려워진다. 연인, 부부, 우정을 나누는 친구 등 사적인 내밀함으로 맺어지는 사랑의 공동체에서 가장 중요한 것은 서로에게 힘이 되고 행복하게 해주고 싶은 마음이건만, '서로'의 출발선부터 단절과 경계가 생기는 형국이다.

의지할 만한 사람에게 잘 의지하는 것도 사랑의 능력이다. 사람을 믿지 못하면 의지하지도 못한다. 사랑과 자유가 한 몸인 것처럼 신뢰와 사랑도 한 몸이다. 상대에 대한 신뢰 없이 사랑의 성장은 불가능하다. 충만한 사랑을 나누는 커플들은 서로에게 잘 의존해 사랑의 영토를 가꾸면서 개인들에게 호의적이지 않은 세상살이의 막막함으로부터 자신들을 지켜낸다. 그렇다면 의지할 만한 사람, 나와 맞는 사람, 안정감 있는 사랑의 역사를 함께 만들어갈 수 있는 사람은 어떻게 알 수 있는 걸까? 그것이 늘 궁금했기에 사람들은 궁합 타령을 한다. 혈액형, 별자리, 사주……. 전부 위험한 접근 방식이다. 개인은 전부 다르기 때문이다. 모두 다른 개인이 각자의 경험을 통해 알아가는 것이 가장 정확하다.

연애는 우리가 맺을 수 있는 많은 사회적 관계들 중 가장 특별한 관계 맺기다. 친밀성에의 욕망은 당연한 것이다. "가까이, 더 가까이." 이런 초근접 관계의 형성과 유지 과정을 통해 우리는 중요한 인생 공부를 한다. 나와 맞는 사람과 아닌 사람, 함께 있으면 서로에게 힘이 되는 사람과 아닌 사람은 초밀착 관계를 통한 알아가기 과정 없이 저절로 확인되지 않는다.

사랑의 관계를 형성하고 키워가는 데 가장 중요한 태도는 솔직함이다. 감정의 솔직한 표현이 검열당하거나 억압받으면 개인의 자존감에 좋지 않은 영향을 미치기도 하거니와, 상대와 자신에 대해 충분히 이해할 수 있는 기회가 차단되어 깊은 사랑을 키워가는 데 한계가 생길 수밖에 없다. 연애 초기에 상대에게 이러이러하게 보이기 싫어서 자기감정을 억압해서는 안 된다. 내 느낌, 내 감정, 상대에게 원하는 것을 솔직하게 드러내고, 그에 대해 상대가 어떻게 반응하는지 경험해야만 상대가 어떤 사람인지 알 수 있다. 잘 보이고 싶어서 이런저런 포장을 했다간 상대에 대해 파악할 기회를 놓친다(물론 그 역도 마찬가지다).

연애를 막 시작하면 상대방에 대한 집중도가 매우 높아진다. 자연스러운 일이다. 개인에 따라 몰입도가 지나치다 싶을 만큼 높은 사람이 있고, 그렇지 않은 사람도 있다. 이것은 체질과 성향에 의해 결정되는 개인차다. 상대가 보이는 집중과 애착을 기꺼이 받아들이며 포용하는 사람이 있고, 상대가 보이는 애착을 자신에 대한 의존으로 판단해 관계 자체에 부담을 느끼는 사람도 있다.

애착은 집착과 다르다. 상대의 모든 영역을 자기 손바닥 안에 놓고 조정하려는 집착은 소유욕이지 사랑이 아니다. 소유욕과 집착은 사랑의 가장 나쁜 적이다. 사랑은, 사랑을 통해 상대를 가장 자유롭고 행복하게 해주는 것이어야 하기 때문이다. 애착은 사랑의 감정을 강력하게 경험할 때 생기는 일종의 비일상적 집중력이다. 열정적인 사랑의 시작에 흔히 따라오는 감정 상태다. 그것 자체로 나쁘거나 좋거나 하지 않다. 상대에 대한 특별한 몰입과 집중은 자신과 상대가 사랑의 주인공임을 분명히 하며, 이런 애착은 서로가 서로에게 특별하다는 기쁨과 확신을 주기도 한다. 애착은 사랑의 관계가 진전되어 서로에게 충분한 신뢰가 쌓이면 자연스럽게 강도가 조절되는 감정이다.

많은 사람들이 사랑을 시작할 때 애착을 느낀다(물론 그렇지 않은 사람도 있다). 그리고 뜻밖에도 많은 사람들이 자신이 느끼는 애착의 감정을 숨기려고 한다. 상대에게 의존적으로 보일까봐 두려워하는 자기 검열이 작동하기 때문이다. 이 첫 관문을 솔직하게 통과할 필요가 있다. 궁합 이야기로 돌아가서, 스스로 판단하기에 평균보다 애착이 강한 유형이라면 더더욱 그런 자신을 숨기지 말고 감정을 솔직히 보여라. 애착하는 당신을 있는 그대로 받아들이고 자신이 많이 사랑하는 사람이니 더 편안하게 해주려고 노력한다면, 두 사람은 시간이 지나면서 안정감 있는 깊은 관계로 발전할 가능성이 크다.

"안아줘"라고 요청할 때 무조건 안아주는 사람이라야 한다. "네가 지금 안아달라고 하는 것이 내게 의존하려는 것이라면 부담스러워. 난 독립적이고 자기 일 뚝 부러지게 하는 사람이 좋아"라는 식의 설명을 하려는 사람, 굳이 말로 표현하지는 않지만 그런 느낌을 풍기는 사람이 애인 혹은 남친/여친이라는 이름으로 당신 앞에 있다면, 빨리 헤어지라고 권하고 싶다. 사회적 관계에서의 독립성과 성취는 당사자가 노력할 일이지, 사랑이라는 감정으로 엮인 특별한 관계 속에서 상대방에 의해 '지도 편달'될 이유가 전혀 없기 때문이다. 흔히 이 지점을 혼동해서 연애 관계에서조차 독립과 자립을 운운하는데, 사랑은 상대가 필요할 때 무조건 달려가는 거다. 내가 사랑하는 사람이 무엇엔가 불안감을 느낀다면 먼저 손 잡아주기 위해 달려가는 것이 사랑이다. 사랑이 태어나는 단계에서조차 자기 영역을 고수하는 방어벽이 먼저 작동하는 사람과는 질 높은 사랑을 창조하기 어렵다.

보고 또 봐도 자꾸 봐야만 마음이 놓인다는 당신에게 자신을 열고 또 열어 포용해주는 사람과 함께라면 당신이 연애 초기에 느끼는 과잉한 애착 경향은 곧 안정감을 찾게 된다.

연애를 시작했는데 애착, 의존성, 자존감 같은 말과 얽힌 자기 비하의 감정이 자꾸 든다면 결코 좋은 만남이 아니다. 설령 자존감이 아주 낮은 상태에서 관계를 시작했더라도 연애하는 동안 자존감이 높아져야 하는 것이 사랑의 관계다. 상대방이 사랑의 이름으로 당신에게 주어야 하는 것이 바로 그런 독려와 응원이다.

외롭고 힘들어 당신이 상대의 손을 잡고 싶어할 때, '의존성' '내 시간' 운운하며 손 내밀어주지 않는 사람, 나를 사랑하는지 아닌지 계속 헷갈리게 만드는 상대라면 빨리 헤어지는 편이 낫다. 사랑하는 사람을 애정에 굶주린 상태로 만드는 것은 어떤 수사를 동원한다고 해도 나쁜 일이다. 감정적인 욕구는 빨리 충족될수록 좋다. 친밀한 관계의 욕망이 충족되고 나면 사회적 관계에서 훨씬 독립적이고 질 높은 집중력이 생긴다.

자신이 나약해서 상대에게 애착한다고 자책하는 당신, 그러지 마라. 인간은 누구나 나약하고 결핍이 많다. 시간 속의 유한자인 우리는 모두 약자다. 약자이면서 고난 많은 세상을 헤쳐가야 하는 존재이기에 끝없이 불안하고, 이 불안에서 영혼이 쉴 수 있는 굳건한 사랑의 울타리를 갖고 싶어한다. 서로에게 완전히 의존할 수 있는 친밀한 관계의 열망은 자연스러운 일이다.

불완전한 약자임에도 불구하고 자신이 가진 최선의 것으로 서로를 지켜주고자 하는 마음, 사랑하는 당신이 쉴 수 있는 울타리가 되어주고 싶은 마음의 실천이 사랑이다. 애정으로 시작한 관계에서 의존성이니 독립성이니 하는 논란이 일어난다면, 그것은 사랑의 맥락에선 이미 추문이다. 추문이 된 사랑은 사랑이 아니다. 어떤 경우에도 사랑은 서로에게 힘이 되려고 하는 것. 완전히 의존할 수 없는 상대라면 떠나라. 질 나쁜 연애에 감정을 소모하느니 혼자가 백번 낫다.

나쁜 남자는
나쁘다

영화에 자주 등장하는 캐릭터 중에 나쁜 남자가 있다.

"나한테 너무 잘해주지 마라. 난 자유로운 영혼이야. 누구한테 매여선 못살아. 넌 나한테 상처 받을 거야. 난 여자한테 인생을 걸 수 없어."

이런 말을 대놓고, 수시로 하는 사람들. 그런데 이상하게도 이런 남자한테 끌리는 여자가 꼭 있다. 나쁜 여자한테 끌리는 남자는 상대적으로 훨씬 적지만, 그래도 아무튼 있다. 나쁜 남자, 나쁜 여자를 운명의 짝이라고 믿으며 사랑하다가 삶이 황폐해지는 경우를 그토록 빈번히 보면서도!

나쁜 남자라고 스스로 말하는 사람은 나쁜 남자일 확률이

99퍼센트다.

"나, 나쁜 사람이야"라고 말하는 사람이니 실제로는 나쁜 사람이 아닐 거라고 기대하는 심리가 있지만, 기대와는 다르다. 자신을 나쁜 놈이라 말하는 사람이 정말 진지하게 자기성찰적인 맥락에서 그 말을 사용하는 경우는 거의 없다. 자신을 나쁜 사람이라고 말해놓으면 어지간히 나쁜 짓을 해도 적어도 속이진 않았다는 '나쁜 짓 용인'의 자기합리화 기제가 훨씬 크게 작동한다.

위악을 선언하고 나면 악행에서 도덕적 압박이 덜하다. 위악도 위선도 정직하지 못한 것이지만, 보통의 삶을 사는 사람들에겐 위악보다 위선이 낫다. 위선이 아니라 진선이면 좋겠지만, 사실 '선(善)'은 기준이 모호하다. 인물을 평할 때 흔히 "그 사람, 위선적이야"라고 말할 때가 있는데, 위선이라는 말이 정확하게 들어맞는 경우는 정치인이나 재벌, 시스템에 줄을 대 권력을 얻고자 하는 이들이 대부분이다. 그들은 심지어 악행을 '합법적'으로 저지르며, 생존 원리의 근간이 위선이다. 보통 사람들은 사실 어떤 경우에도 위선이라는 말이 그다지 적절치는 않다. 때로 누군가가 위선적으로 보일 때, 실은 자신의 상처를 드러내지 않기 위해 안간힘을 쓰는 안쓰러운 모습이기가 쉽다. 누구나 안간힘 쓰며 겨우 살아가고 있는 세상 아닌가.

평범한 보통의 삶 속에도 자잘한, 착하지 않음의 덫이 있고,

우리는 매순간 선택하며 살아야 한다. '그래도 착한 쪽'을 선택하며 살면 일상이 자주 불편하고 고단해질 확률이 높다. 내가 위선 떠는 것은 아닐까 하는 순간순간의 성찰까지 더해진다. 그러니 착하게 살고자 하는 의지를 갖고 일상을 사는 것은 그 자체로 어려운 일이다. 위악을 선언해놓고 "나는 착하지 않은 놈이야, 나는 나만 아는 놈이야"라며 실제로 그렇게 사는 것보다, 어떻게든 착하게 살려고 노력하는 것이 훨씬 어렵다. 불편하고 어려운 일임에도 불구하고 착하게 살려고 노력하는 것이므로 선의 지향은 우리를 성숙시킨다. 이에 비해 위악을 선언한 이들은 일단 편하다.

그런데 이상하게도 언제부터인가 우리 사회는 위악을 이른바 '쿨내'로 관대하게 받아들이는 경향이 있다. 워낙 사는 일이 힘들다 보니 선이고 뭐고 그냥 좀 편하게 살고 싶은 거다. 반성이고 성찰이고, '수신제가'해봐야 남는 게 없다는 걸 살면서 절감한 탓일 게다.

다시, 나쁜 남자의 위악으로 돌아가보자. "난 너한테 상처를 주게 될 거야"라고 말하는 사람은 틀림없이 상처를 준다. 그러지 않으려고 노력해도 마음과 달리 상처를 주게 되는 경우가 많은데, 말부터 편하게 선언해놓았으니 폭력적 섹스와 물리적 폭행을 일삼는 나쁜 남자들의 자기 규제력 실종은 당연한 일이 된다. 누구도 책임지고 싶지 않은 회피 경향이 '자유로운 영혼' 따위의 말로 포장되는 것도 한심하기 짝이 없다. 자유란 그렇게 날림으로 얻어지는 게 아니다. 한 사람을 온전히 사랑해 자유롭게 해주지 못하는 사람이 자신을 자유롭게 하기도 힘들거니와, 좋고 나쁜 가치 판단 이전에 그들은 사랑의 능력이 모자라는 사람들이다. 모자라는 능력은 노력하고 연습해서 높여야 하는데, 자기 편한 대로 선언해놓고 더 이상 나아지려 노력하지 않기 때문에 나쁜 남자는 계속 나쁜 남자일 확률이 높다. 인생에서 가장 중요한 것이 사랑의 능력을 향상시키기 위해 노력하는 것임을 그들은 모르거나, 알 의지가 없다. 그냥 사는 대로 사는 게 편하기 때문이다.

나쁜 남자와 한 뿌리에 얽혀 있는 다음과 같은 부류도 있다. 값싼 고독감을 풍기며 그들은 이렇게 말한다. "너랑 섹스는 해도 널 사랑하지는 않아. 언젠가 내 운명의 반쪽이 나타날 거야. 그때까지 난 계속 외롭겠지. 그게 내 운명이다."

이런 황당한 캐릭터가 현실에서 계속 재생되고 '먹히는' 이유 중에, '운명의 반쪽 신화'에 대한 낭만적 각색이 있음은 물론이다. "넌 내 운명이 아니야"라는 말은 곧 "넌 내 이상형이 아니야"라는 뜻인데, 사실 이들의 '이상형'이란 현실에 나타나지 않는다는 조건하에서만 계속 이상형이다. 이런 부류의 사람들은 현실을 직면할 용기가 없다. 현실의 사랑을 회피한다. 왜? 책임지기 싫으니까. 자신의 책임을 다해야 할 '진짜 사랑'을 할 능력과 의지가 없는 사람들이다.

당신을 사랑하지 않는다고 말하는 남자에게 자꾸 집착하게 되는 당신. 그 사람만 생각하면 가슴이 아리고 눈물이 솟는 당신. 그 사람이 너무 불쌍하고 애틋해서 다 줘버리게 되는 당신. 가장 나쁜 케이스에 발목 잡힌 거다. 떠나라, 당장! 상대에 대한 비현실적 이상화를 멈춰라.

누군가를 좋아하는 감정이 생기면 상대방을 무조건 미화시키기 쉬운 게 사람 마음인데, 이것은 내 감정 상태가 배반당하지 않기 위해 스스로에게 발생시키는 일종의 눈가리개이자 허영이다. 사랑을 통해 발견하고 발전시켜야 할 것은 상대방에 대한 미화가 아니라, 상대가 가지고 있는 여러 면 중에 장점은 더 잘 자라게 하고 단점은 보완할 수 있도록 해주는 일이다. 사랑을 통해서 인생의 성장이 가능하다고 믿는 사람이 아닌, 단지 단기용 소모품처럼 누군가를 만나는 나쁜 남자의 실체를 정직하게 직면하라.

이런 부류의 또 다른 전형은, 상대에게 안정감을 주지 못하는 모호한 태도로 상대를 불안하게 만들어 자신에게 집착하게 하는 유형이다. 이런 사람과 잘못 엮이면 없던 집착도 생겨나는 괴현상이 발생한다. 계속 불안하게 하고 애정 결핍을 조장하니, 집착과 의심이 생기고 악순환이 이어진다. 그런 상대를 탓하며 한번씩 "나 믿지 마라, 나쁜 남자다"라고 지른다.

　지금 연애 중인데 관계에서 느끼는 주된 감정이 불안이나 걱정, 의심, 집착이라면 처음부터 그 관계를 다시 생각해봐야 한다. 좋은 감정도 있고 때론 기쁨도 느끼겠지만, 그보다 불안과 걱정, 집착이 더 많은 부분을 차지하는 것 같다면 숙고해보라. 간혹 그런 불안증을 열정적인 사랑의 미열이라고 포장하기도 하는데, 서로의 마음을 평온하게 만들어주는 관계가 아니면 오래 지속되기 어렵다.

　나쁜 남자는 나쁜 남자다. 나쁜 남자는 미성숙한 남자이고, 사랑을 가치 있게 생각하지 않는 남자다. 무엇보다 사랑할 의지가 없는 남자다. 그런 사람에게 사랑의 능력을 낭비하지 마라.

사랑을 위해
떠나요

이제 막 연애를 시작할 땐 그와 내 앞에 놓인 음식 접시에서도 빛이 났다. 아, 어쩔 수 없이 유치해지는 것. 사랑의 열기란 그렇게도 신비하다. 지금 막 헤어졌으면서 또 보고 싶어서 코끝이 찡하고, 깊은 밤 목소리가 듣고 싶어 눈물 글썽이기도 한다. 인파 가득한 거리에서도 오직 한 사람만 눈에 띄고, 촌스러운 행동들도 순수하게 빛나 보인다. 어쩌다 둘만 있게 되면 그 공간이 온통 귀를 쫑긋 세우고 우리의 숨소리만을 집중해 듣고 있는 것 같은 느낌까지.

하지만 시간이 흐르고 서로에게 익숙해지면서 이런 흥분은 차츰 줄어들고 결국은 사그라진다. 그때부터 사랑은 의무이며 책임이라는 소리도 들어야 한다. 하지만 분명히 하자. 사랑에 책임이 따르는 것은 틀림없지만, 의무와 책임에 자연히 사랑이 따르는 것은 아니다. 책임과 의무감이 자발적으로, 기쁘게, 충만한 방식으로 생기는 단계까지가 성장하는 사랑이다. 타인에 대한 의무와 책임은 자발성과 함께일 때만 의미가 있다. 자발성이 사라진 책임감과 의무감은 자신을 죽인다. 관계는 상호적인 것이므로 당연히 상대방도 죽인다.

사랑이 노화와 질병의 징후를 보이기 시작하는 시기는 커플과 상황마다 모두 다르지만, 어떤 형식으로든 이 단계는 오고야 만다. 가벼운 감기 정도로 앓다가 회복할 수도 있고, 방치했다가 회복 불능의 암이 되기도 하고, 폐렴 정도라 해도 치명적 급성으로 오기도 하고 만성 질환으로 오기도 하며 회복 가능하기도 하고 불가능하기도 하다. 이 모든 징후에 처방전을 내리고 대처 방법을 결정하는 것은 당연히 사랑의 주체인 당사자들이다.

안타깝게도 많은 사람들이 낭만적인 사랑의 느낌이나 행복감을 결여한 채 오랜 동반자 관계에 익숙해져 정착한다. 권태라는 일상의 질긴 음식을 씹으면서. 그리고 그걸 일상의 미덕이나 도덕이라고 부르기도 한다. 사랑의 요청과 생활의 습관 사이에서 사랑이 생활에 투항하는 형태가 지배적인 것은 안타까운 일이다. 더 깊고 진하게 사랑하기 위해 우리는 가족을 만드는 것 아닌가. 그런데 어느새 사랑은 사라지고 생활만 남은 가족이 도처에 너무 많다.

나는 권태가 일상의 두께로 내려앉은 사랑은 이미 사랑으로서의 유효 기간을 상실했다고 생각하는 편이다. 그와 동시에, 시간이 지나도 빛바래지 않는 사랑이 틀림없이 가능할 거라고 믿는 편이다. 사랑을 권태로부터 탄력 있게 지켜내는 노력과 지혜에 대해 더 공부하고 연구해야 한다(세상의 그 어떤 학문보다 중요한 것이 사랑을 잘 지켜나가기 위한 방법과 좋은 죽음에 관한 지혜다). 충분히 노력해도 권태로부터 자유로울 수 없다면, 나는 차라리 만남과 이별, 결혼과 이혼을 되풀이하는 쪽을 선택할 것이다. 시효가 끝난 사랑의 권태로움을 유지하느라 힘을 소진하느니, 고독과 자유를 택할 것이다.

우리 주위엔 여러 번의 결혼을 거듭하는 사람들이 있다. 어린 날의 나는, 그런 이들에 대해 얼마간의 도덕적인 반감 같은 것을 가지고 있었다. 하지만 지금은 그런 이들의 마음속에 있는 열망 같은 것을 함께 보게 된다. 나는 무모할 정도로 '모든 사랑'을 지지하는 사람이지만, 한국 사회에 너무나 익숙한 방식, 예컨대 수없이 바람을 피우면서도 결혼 생활을 유지하는 한 도덕적인 부채감으로부터 자유로운 듯 행세하는 사람들(특히 남자들)이 이혼한 사람들에 대해 심리적 우월감을 보이는 경우를 볼 때 정말이지 지독한 혐오를 느낀다. 그런 종류의 이중적인 위선보다는 차라리 여러 번의 이혼을 감내하면서라도 자신의 감정을 솔직하게 따르고, 불가능에 가까운 것일지라도 다시금 완전한 사랑과 합일을 꿈꾸는 욕망이 훨씬 더 깨끗해 보인다.

사랑은 식는다. 오해 말기를. 사랑이 사라진다는 것이 아니다. 침착하고 차분해진다는 뜻이다. 사랑이 식는다고 해서 곧바로 권태로 이어지는 것은 아니다. 사랑이 식는 것이 곧 사랑의 죽음은 아니라는 것이다. 격정적인 에너지를 요구하는 열정의 단계에서 평화의 단계로 이행되는 시점을 정확히 인지하고 관찰할 필요가 있다. 불안해하거나 투정하거나 그저 적응하거나 외부로 눈을 돌리는 것이 아니라, 변화를 정직하게 인지하고 서로의 상태를 체크하며 더 깊은 사랑의 단계로 나아갈 수 있도록 성심을 다해야 한다. 공유하고 소통하는 삶의 어떤 측면은 열정에서 약간 비껴선 것일 수 있다. 사랑의 주체들이 지닌 진심과 성숙의 깊이가 본격적으로 드러나는 때가 실은 이때부터다. 권태의 수렁에 빠지지 않도록 이 시기를 잘 알아채고 지혜로운 노력을 한다면 사랑의 갱신은 가능하다.

권태로운 관계의 의무적 지속은 완벽한 홀로됨보다 훨씬 외롭고 해롭다. 권태 속의 자신을 포장하고 견디기 위해 씌워주는

권태 속에 안정감 있게 고여 있는 영혼보다
사랑 속에 불안하게 흔들리는 영혼이
언제나 더 사랑스럽다.
때로 사랑을 놓고 떠나는 일이
사랑을 구원하는 일이기도 하다

가면을 든 손, 그 손은 상대방으로부터 오기도 하지만, 종종 자신에게서 나온다. 권태 속에 안정감 있게 고여 있는 영혼보다 사랑 속에 불안하게 흔들리는 영혼이 언제나 더 사랑스럽다. 때로 사랑을 놓고 떠나는 일이 사랑을 구원하는 일이기도 하다는 것을 당신도 알고 있을 것이다.

가면을 든 손이 다가올 때마다 자신을 향해 속삭여주자. 노래해주자. 용기를 주자.

윗옷을 걸치고 언제든 들고 떠날 수 있는 배낭을 메요. 마녀처럼, 빗자루를 타고 떠나요. 빈 그릇들을 개수대에 담그다가, 속옷가지들을 세탁기에 넣다가도, 떠나세요, 불현듯, 사랑을 위해서 떠나세요.

그대에게만 가서 꽂히는

마음

오직 그대에게만 맞는 열쇠처럼

그대가 아니면

내 마음

나의 핵심을 열 수 없는

꽃이,

지는,

이유

- 「꽃, 이라는 유심론」中, 『나의 무한한 혁명에게』

죽을 것처럼
사랑하라

당신을 보았다. 대학로의 한 카페에서였다.

이름도, 나이도, 어디 사는지도 모르는 여자 사람인 당신은
카페 안이 떠나가도록 엉엉 울었다. 나는 그때 잡지사 기자를
기다리며 책을 읽고 있었는데, 건너편 테이블에 한 남자와 마
주 앉아 있던 당신이 갑자기 울기 시작한 이후 당신 쪽으로 계
속 신경이 가 있었다. 당신 쪽을 바라보는 것은 예의가 아니기
에 시선은 책에 박혀 있었지만, 귀는 온통 당신을 향해 쏠려 있
었다. 당신이 울음을 터뜨리기 전 카페의 다른 손님들처럼 그저
무심한 손님일 때 언뜻 본 당신은 단발머리가 윤기 있게 반짝거

리던 싱그러운 사람이었다. 내 쪽에서 보기에 회색 슈트의 등이 보이던 남자 앞에서 당신은 다정한 표정으로 웃고 있었는데, 그 웃음과 단발머리가 너무 잘 어울려서 공연히 기분이 좋아지는 그런 사람이었다. 사랑하고 있는 사람 특유의 다정함이 가득한 얼굴이었다. 그러다가 당신이 울음을 터뜨렸다. 처음엔 꾹꾹 누르며 소리 죽여 울다가, 울음소리가 점점 커졌다. 그때 잡지사 기자가 들어왔고, 나는 그를 맞으며 빠르게 당신을 보았다. 검은 단발머리, 흰 얼굴, 초록색 니트 스웨터, 크림색 숄더백. 당신을 이루고 있던 색깔들이 구겨지며 한꺼번에 얼룩졌다. 당신이 너무 크게 울어서 카페 안의 사람들이 더러 인상을 찡그리며 당신 쪽을 보았다. 사람들의 시선이 쏠리자 당황한 남자가 벌떡 일어나더니 의자를 박차고 나가버렸다. 자신과 전혀 상관없는 일에 재수 없게 걸려들었을 뿐이라는 표정으로 사무적이고 무뚝뚝하게 뚜벅뚜벅 카페를 걸어 나가는 남자. 그 자리를 어서 모면하고 싶은 남자는 거만한 포즈에 심지어 웃음까지 지어 보였는데, 그를 쳐다보는 사람들의 시선에 대한 일종의 답안지 같은 웃음이었다. 나는 저 여자의 울음에 책임이 없는 사람이라는 자기방어의 웃음. 그 웃음을 본 순간, 나는 울고 있는 여자를 향해 말해주고 싶었다. 당신은 이 남자와 잘 헤어진 거예요! 빠르면 빠를수록 당신에게 도움이 되는 이별이라고요!

남자가 가버린 자리에 그대로 앉아 당신은 오래 울었다. 영화에 자주 등장하는 악다구니나 흔한 욕설 한 마디 입에 담지 않은 채, 그저 울기만 했다. 술렁이던 카페 안의 분위기가 당신을 연민하는 듯한 분위기에서 점점 짜증스러워하는 분위기로 바뀌었다. 실제로 당신이 펑펑 운 시간은 길어야 10분 정도이지만, 홀로 우는 여자를 바라보는 일에 10분이면 꽤 긴 시간이니.

결국 종업원이 당신에게 다가가 말을 거는 순간, 당신이 우뚝 일어났다. 검은색, 흰색, 크림색, 초록색이 둥실 떠올랐고 빠르게 문밖으로 소나기처럼 흘러나갔다.

이상한 일이었다. 당신이 카페를 떠난 후, 순간적으로 후회가 밀려왔다. 울고 있는 당신을 안아줄걸. 무언가 껴안고 울 것이 필요했을 텐데, 싶은 마음이 뒤늦게 들었다. 토닥토닥 당신을 안아 마음껏 울게 한 후 뜨거운 초콜릿 같은 걸 한잔 먹일걸. 어때요? 괜찮아요? 더 울어도 돼요. 마음으로 말하면서.

왜였을까. 당신이 울음을 터뜨린 그 순간, 당신이 말할 수 없이 사랑스러웠다. 타인의 시선이 그렇게 많이 존재하는 곳에서 그렇게 크게 울음을 터뜨릴 수 있는 사람, 체면이나 자존심 같은 건 아랑곳없이 자신의 느낌에 그렇게 몰입할 수 있는 사람.

당신이 앉아 있던 빈자리를 건너다보며 나는 말해주었다. 당신은 근사한 사람이에요. 당신은 사랑받을 수 있는 사람이에요. 힘내요! 다시 사랑하세요! 햇빛 쏟아지는 거리를 당당하게 걸어요! 하늘을 봐요!

나는 가끔 그립다. 카페 안이 떠나가라 엉엉 우는 여자 혹은 남자가. 이상한 취향인가. 세상은 너무나 쿨해져서, 나는 이제 쿨한 게 지겨운가 보다. 상처 받을까 봐 두려워 쿨한 척하는 관계들 말고, 적당히 '썸'타고 '밀당'하고 그런 거 말고, 진짜 연애를 하는 사람들이 그립다. 죽을 것처럼 사랑하고 죽을 것처럼 우는 사람들이 그립다. 사랑하는 순간 자신의 전부를 거는 사람들이. (물론, 사랑은 결코 우리를 죽이지 않는다. 사랑은 살려고 하는 일이니까.)

온몸으로 울 줄 아는 당신은 그날 이후 삶의 어느 부분이 분명 성장했을 것이다. 그 남자는? 글쎄. 또 어디선가 체면 구기지 않는 말끔한 얼굴로 '어장관리' 중일 확률이 높겠다. 어장관리사들은 울지 않는다. 그러므로 그들은 성장하지 않는다. 현대의 연애와 부박한 관계성을 묘사하는 수많은 언어들 중 가장 한심한 등급의 어휘인 '어장관리'라는 말. 부끄러워 얼굴 화끈거리는 이 말을 쿨한 능력의 소산이라고 착각하며 인생을 소비하는 동안 인생은 점점 가벼워질 뿐일 텐데, 그들은 그런 게 세련된 라이프 스타일이라고 흔히 착각한다.

검은색 흰색 크림색 초록색의 소나기, 단연코 당신이 승자다.

사랑했으니
됐다

변심한 옛 애인을 찾아가 폭행한 사건 기사를 신문에서 자주 본다. 점점 더 그런 기사가 많아지는 것 같아 염려도 된다. 분노 조절 장애라느니, 힘든 세대의 반증이라느니, 여러 관측들이 나온다. 가해자들이 품은 복수심은 이 한 문장으로 정리된다. "어떻게 네가 나를 배신할 수 있니?"

사랑을 다루는 이야기에 배신과 복수는 단골손님이지만, 사랑해서 함께했던 관계에 있어 배신이라는 말은 사실 적절치 않다. 정당, 조폭 등 자기 이익을 위해 이합집산하는 곳에선 한때 동지였던 이들을 배신하는 일이 흔히 일어난다. 배신은 그들의 생리다. 애초에 이익을 위해 움직이는 사람들이기 때문이다. 하지만 사랑은 다르다. 자기 이익을 위해서가 아니라 서로의 행복을 위해 맺어지고 생활을 나누는 관계에서는, 사랑이 변한 것일 뿐 누가 누구를 배신한 게 아니다.

사랑은 변한다. 이것은 대전제다. 내가 여전히 너를 사랑하고 있다는 것은 내가 매순간 사랑의 쪽을 선택했다는 것이다. 내가 그것을 선택했다고 해서 상대도 나와 똑같이 그래야 한다는 것은 내 바람일 수는 있어도 그것을 강요할 수는 없다. 내가 오늘도 당신을 사랑한다는 것은 나의 자유의지와 선택의 결과다. 내가 원해서 사랑하는 것이고, 그래서 사랑이 기쁜 것이다. 내가 이만큼 널 사랑했으니 너도 그만큼 날 사랑해야 한다는 것은, 줬으니 받아야겠다는 계산이 작동한다는 뜻이다. 그렇다면 이 사랑은 불행해질 확률이 높다. 계산은 이익을 위해서 하는 것이고, 이익을 추구하는 것은 사랑이 아니기 때문이다.

내가 진심으로 원해서 한 것들은 그걸로 이미 다 이룬 거다. 보상을 바라는 계산적인 마음이 아닌 순수한 희열을 이미 나에게 준 것이다. 그래서 진실한 희생이란 그 자체로 이미 기쁜 것이다. 아무 조건 없이 나 아닌 사람을 위해 무엇을 한다는 것은 비범한 일이다. 그런 비범함을 경험한 순간의 기쁨과 충만으로 이미 보상은 다 이루어진 것이다. 그러니 사랑의 관계에서 배신이란 말은 온당치 않다. 아이를 기르는 것도 비슷하다. 아이가 잘 성장해주기만을 바라고 뒷바라지하는 마음. 그것 자체로 이미 기쁜 거다. 그 자체로 사랑은 완성된 거다. 내가 이만큼 하면 상대도 나에게 이만큼 해줘야 한다는, 대가를 바라는 행위라면 그건 희생이 아니다. '그래도'라는 마음이 든다면, 희생이라 주장할 만한 일은 애초에 하지 않는 게 낫다.

사랑은 상호작용이다. 사랑하는 동안 기쁘고 활기차며 행복감을 자주 느끼는 것만으로 충분하다. 사랑은 '사랑한다'는 행위 속에 보상이 이미 포함되어 있는, 지상에서 가장 독특한 관계성이다. 더 사랑하는 사람, 조건 없이 더 많이 사랑할 수 있는 사람이 강자다.

이별 통보로 괴로워 죽고 싶다는 그대에게 쓴다.

죽고 싶을 만큼 괴로운 게 당신이 상대를 많이 사랑했다는 증거이길 바란다(간혹 누군가 자신을 먼저 떠났다는 사실 자체를 못 견디는 사람도 있으니). 내가 상대를 많이 사랑한 것은 잘한 일이지만, 상대의 마음이 변한 것은 내가 어떻게 할 수 없는 일이다.

냉정해지자. 어떤 이별도 죽을 만큼 힘들진 않다. 정말로 사랑 때문에 죽을 수 있는 사람이라면 살게 되어 있다. 사랑이 많은 사람이므로, 누군가에게 또 사랑을 주기 위해 당신은 살 것이다.

죽을 것처럼 사랑한 최선의 사랑을 통해서 우리는 인생을 훈

죽을 것처럼 사랑한 최선의 사랑을 통해서
우리는 인생을 훈련한다.
그러므로 사랑의 관계는 인생이라는 여행을
값지게 만드는 훈련의 최고봉이다.
더 많이 훈련할수록 더 잘 사랑하게 된다.

련한다. 그러므로 사랑의 관계는 인생이라는 여행을 값지게 만드는 훈련의 최고봉이다. 더 많이 훈련할수록 더 잘 사랑하게 된다. 몇 년 후면 당신은 더 근사한 사랑을 하는 사랑꾼이 되어 있을 것이다.

그래도 괴롭다고?

좋다. 배낭을 싸라. 여행을 떠나라고 모호하게 말하고 싶지는 않다. 국내에서 갈 수 있는 명산에 가라. 분노가 많아지고 절망이 찾아오면 산에 갈 것을 권한다. 높은 산에 오르면 세상을 바라보는 크기와 넓이가 달라진다. 산에 오르면 내가 작아진다. 작아져서 위축된다는 게 아니라, 이 세상 무수한 생명과 사람, 그 숱한 인연 속의 나를 느낄 수 있게 된다. 상대를 향한 이글거리는 분노의 상태에서는 오직 나와 상대만 있다. 비정상적으로 확대되어 스크린을 꽉 채운 단 두 사람. 이 둘이 서로 할퀴는 지옥이 거기 있다. 하지만 산에 오르면 조감의 범위가 달라진다. 세상 무수한 인연 속에 있는 작아진 당신과 내가 보이고, 아주 많은 다른 인연들이 보인다.

떠나겠다고 하는 사람은 보내는 게 순리다. 새로운 사랑을 시작하면 새로운 배움이 시작되는 것이다. 지금 헤어진 그 상대는 지금까지 내게 선생이었고, 내가 새로운 인생을 배울 수 있게 기회를 준 것이기도 하다. 이제 그 인연이 다했으니, 그를 보내라. 보내고 나면 새로운 인연은 다시 찾아온다.

문 하나를 닫으면 다른 문이 열린다. 과거에 집착해 문고리를 부여잡고 있는 한, 문을 열지도 닫지도 못하는 불행한 구속 상태가 지속될 뿐이다. 그 순간에도 세월이 흐르는 것은 물론이다. 얼마나 아까운 시간인가. 부디 기억하시길. 사랑했으니 됐다.

상처를 주는
사랑은
사랑이 아니다

아서라! 싸우면서도 헤어지지 않고 잘 사는 커플은 싸워서 정이 들어 그 결과로 잘 사는 게 아니라, 싸우더라도 그 과정에서 서로를 조율하는 지혜가 생겨났기 때문이다.

연인, 부부가 싸우는 게 당연하다는 인식은 위험하다. 사랑에 빠진 후 서로를 알아가고 맞춰가는 데 조정 기간은 필요하고 그 시기에 크고 작은 싸움이나 신경전이 있겠지만, 너무 자주 싸우는 건 당연한 게 아니라 가능한 한 줄여야 한다. 서로에게 힘이 되기 위해 사랑하는 것인데, 왜 서로의 에너지를 낭비해가면서 싸우는가? 사랑해서 싸운다는 건 또 웬 궤변이고? 그런 관습적인 말에 사로잡혀서는 곤란하다. 서로를 맞춰가는 과정에서 싸움은 있되, 상처가 덜 남는 방식으로 빨리 의사소통하는 게 백 번 낫다.

의사소통 과정에서 또다시 생기는 갈등이 있을 텐데, 이런 조율 과정 전체는 이들이 서로에게 도움이 되는 커플인지 아닌지가 드러나는 과정이기도 하다. 의사소통이 잘 이뤄지는 커플이라야 긴 여행이 가능하다. 너무 자주 서로에게 심한 상처를 남기며 싸운다면 더 진전시키지 말고 정리하는 게 낫다. 이 과정을 통해 한층 성숙한 서로의 반려가 되도록 성장하기도 하고 관계를 정리하는 쪽으로 좌초하기도 하는데, 좌초를 두려워할 필요는 없다. 그냥 서로 안 맞는 거다. 어느 한쪽이 덜 성숙한 것일 수도 있고, 애초에 기질이 안 맞는 사람들일 수도 있다. 싸우면서 정든다는 둥, 우리는 많이 싸우고 화해도 잘한다는 둥, 다들 싸우면서 살지 않느냐는 둥, 그런 게 사는 거라는 둥, 관습적인 말을 내 것으로 삼을 것인지 아닌지는 각자의 선택이지만, 사랑하기에도 아까운 시간에 왜 서로를 상처 내며 싸운단 말인지. 싸우는 시간에 각자의 삶을, 그리고 서로의 삶을 더욱 윤택하게 할 일들을 생각하고 실천하기에만도 시간이 없다.

대개의 싸움은 내 것을 양보하지 않으려는 이기심에서 생긴다. "나는 원래 이래"를 고수하려고만 하면 사랑은 어려워진다. 진정한 사랑은 사랑하기 때문에 자기를 해체할 수도 있는 괴력을 가졌다. 이것이 진짜 사랑의 급진성이자 진보성이다. 사랑 앞에 자신의 해체를 두려워하지 않는 것, 사랑하는 당신을 위해서라면 기꺼이 변하려고 하는 자발적 변화의 욕망. 또한 진짜 사랑은 사랑하기 때문에 '원래 그런' 상대방을 있는 그대로 아끼고 존중하고 보호하려는 괴력을 가졌다. 사랑하기 때문에 당신이 나로 인해 자신의 것을 내놓는 것을 원치 않는다. 내가 당신을 사랑한다는 것은 당신에게 내가 힘이 되길 원하는 것이므로. 진짜 사랑의 이 두 가지 측면이 조화롭게 작동되는 관계, 진정으로 사랑하는 사람들은 결코 상대에게 상처를 내며 싸울 수 없다.

만약 당신들이 너무 자주 서로에게 상처를 주며 극단적으로 싸운다면 얼른 헤어져라. 서로를 위해 그게 낫다. 사랑이 아닌데 사랑이라고 우기는 일은 시간을 낭비하는 것은 물론, 개인의 마음을 황폐하게 만든다. 지금 만나는 사람과의 관계에서 자주 마음을 다치면, 그렇게 위축된 마음이 이후에 만날 사람에게도 영향을 미친다. 지금 이 순간 나의 자존을 심하게 훼손하는 사람이라면 참지 말고 헤어져라.

가끔 싸우긴 하지만 심한 정도는 아니라면 다툼의 과정을 잘 성찰하길 권한다. 다투고 화해하는 과정이 극단적이지 않고 소소하고 적절한 선에서 서로를 토닥이며 회전된다면 괜찮다. 서로 다른 사람들이 사소한 다툼을 통해 서로를 더 깊이 이해하는 과정일 수 있고, 이런 과정을 통해 서로가 성장하기도 하니까.

그런데 거기까지다. 아무튼 사랑하는 사이에서 싸움은 권장 항목이 아니라는 것. 심지어 부부 혹은 연인이 싸우면서 정드는 게 정상이라는 궤변은 단호히 거절해야 한다는 것.

타인에게 상처를 주는 사랑은 사랑이 아니다.

시작한 연애이니 헤어지는 게 쉽지 않고, 새로운 연애를 할 수 있을지 자신도 없다고?

사랑 아닌 관계를 붙잡고 평강공주 되고 싶어하지 마라, 제발. 당신의 에너지를 당신을 해치는 사람을 위해 쓰지 마라, 제발. 그 에너지를 당신 자신을 위해서 써라. 더 좋은 사랑은 분명히 온다. 과감히 헤어지고 혼자로 돌아가라.

홀로 잘 존재할 수 있는 사람이 사랑도 잘할 수 있다. 사랑은 에너지를 써야 하는 일이다. 내가 잘 존재하고 있는 상태라야 타인에 대해 정성을 다할 수 있다. 더 좋은 사랑을 하기 위해 자신의 힘을 축적하는 시간을 충분히 누려라. 좋은 사랑을 하기 위해 자신의 힘을 충분히 축적한 좋은 상대를 어느 날 알아보게 될 것이니.

나를 해치는 나쁜 상대를 떠나지 못하면, 좋은 상대를 만날 기회를 영영 놓친다!

운명의 반쪽?
정신 차려라

매번 나쁜 남자에게 빠져 상처 받는 사람이 있다. "알고 보니 비열한 놈이었어, 사기꾼, 질 나쁜 바람둥이!"

그런데 말이다, 그런 질 나쁜 바람둥이와 자주 열정적 관계에 빠지는 주체는 본인 아닌가. 자길 사랑하라고 그 사기꾼이 강요한 것도 아닌데, 비열한 놈에게 먼저 꽂혀놓고 나중에 배신당한 울분을 토해도 이미 늦다. 매번 속으면서 또 허겁지겁 사랑에 빠지는 건 진짜 '사랑꾼'의 자세가 아니다. 진짜 사랑꾼은 사랑할 때마다 스스로 나아지고 더 나은 사랑을 하는 사람이다. "사랑 없인 난 못 살아요"를 입에 달고 사는 자신이 천생 사랑꾼이라고 스스로를 속이면 곤란하다. 혼자 있는 기간을 두려워해 누군가든 옆에 두어야만 한다면 그건 사랑꾼이라서가 아니라 사랑의 탈을 쓴 연애 중독일 확률이 높다. 중독이니 자꾸만 실수를 되풀이한다.

상처 받고 힘들다면, 내가 왜 그런 사람에게 꽂혔는지 충분히 성찰하는 것이 먼저다. 한두 번은 그럴 수 있다 쳐도 매번 같은 실수를 반복한다면 사기꾼 기질이 있는 상대에게 유독 반응하는 성향이 있다는 거다. 나쁜 여자에게 빠지는 남자도 마찬가지다. 목적을 가진 유혹에 덜컥 넘어가는 이유를 성찰해보면 내가 인간관계에서 어떤 점에 특히 약한지 알게 된다. 가장 좋지 않은 것은 다음과 같은 자책형 변명이다. "나는 이런 진상들을 사랑하게 프로그래밍되어 있나 봐요. 내 운명의 반쪽이 계속 이런 사람이면 어쩌죠?" 헐, 아서라, 무슨 이런 저주를 자신에게 퍼붓는가? 가장 마지막 순간까지 자신을 보호하고 지켜야 하는 건 바로 자신이다. 반복되는 상황을 무마하기 위해 임시방편용 자책을 하는 것은 스스로를 속이는 일이다. 상황을 정확히 보는 힘을 길러 자기를 진짜로 보호해야 한다.

'운명의 반쪽' 신화는 건강하고 능동적인 사랑의 역사를 만들어가는 데 최악의 방해꾼이다. 해묵고도 보수적인 이 저급한 사랑의 왜곡은 역사가 길다. 문헌으로 따지면 플라톤의 『향연』이 출발지겠다. 물론 『향연』 이전에 이런 사랑의 왜곡이 없었다고 단언할 순 없지만, 상상하건대 석기인들이 동굴벽화를 그리던 시절에 그 핍진한 생존의 현장에서 '운명의 반쪽' 신화 같은 게 있었을 것 같진 않다. 그러니 유한계급이 생기기 시작한 시절, 말 많고 관념과 허세 쩌는 이들이 놀고먹으며 설왕설래하길 유희로 하던 시절에야 반쪽 사랑의 신화는 출현했을 것이라고 미루어 짐작한다.

아리스토파네스 옹이 말하길, "에헴, 우리 선조들은 큰 머리 양면에 두 개의 얼굴을 가지고 네 개의 팔과 네 개의 다리를 가진, 마치 공처럼 생긴 몸을 가지고 있어서, 웅크리면 그 어떤 사람이 달리는 것보다 빠른 속도로 구를 수 있었지. 신통방통한 이 힘센 선조들이 가끔 오만해져서 신들의 왕 제우스가 어느 날 대노해 그들을 쪼개버렸지 뭔가! 갈라진 반쪽들의 상처를 꿰매어 배꼽으로 묶어놓았는데, 세월이 지나면서 그 반쪽들은 자신의 잃어버린 반쪽을 찾아 세상을 헤매는 운명을 가지게 되었다네!"

헐, 이런, 맙소사. 낭만적 사랑의 아련하고 애틋한 그 무엇인가로 호출되곤 하는 '운명의 반쪽' 신화는 이토록 극빈한 상상력에서 출발했다. 앙상하고 초라하기 짝이 없지만, 거기에 붙은 살점들은 저마다의 욕망이 투영되어 보드랍고 찰진 속살들로 채워졌다. 내 반쪽을 기다린다는 둥, 운명의 짝이 이미 정해져서 어딘가 있다는 이런 이야기야말로 질 나쁜 운명론 아닌가.

그런데 이런 운명론이 현대로 올수록 점점 더 낭만적 사랑의 외피를 쓰고 질 나쁜 연애를 합리화하는 데 자주 사용된다. 관념적 운명론이 나쁜 것은 성찰의 기회를 차단하기 때문이다. 나의 어떤 성향이 상처 받는 연애를 하게 하는지 성찰해 개선할 수 있는 지성을 마비시키고, 운명의 반쪽 어쩌고 하는 자기변명을 늘어놓게 하기 때문이다.

운명의 반쪽 판타지를 버려야 좋은 연애를 할 가능성이 높아진다. 운명의 반쪽은 사랑의 당사자가 만드는 거다. 멋진 상대가 있어야 멋진 사랑을 하는 것이 아니라, 멋진 사랑을 만드는 게 바로 나인 것이다. 그간의 연애가 불행했다면 내가 어떤 상대를 선택해왔는지부터 점검하고, 왜 그런 사람을 좋아하게 되는지를 분석하라. 번번이 상처 입어온 유형의 상대가 파악되면 그런 상대가 주위에 얼씬거리지 못하게 만들어라. 내 운명의 주인은 나고, 내 연애의 운명도 내가 만드는 거다.

사랑이라는 사건은 사랑하고자 하는 나의 욕망이 분출되어야 생긴다. 덜컥 반쪽이 나타나서 어쩔 수 없이 운명적으로 빨려들었다는 것은 스스로의 지성과 감성이 마비되었음을 고백하는 부끄러운 일일 뿐이다. 어떤 상대에 대해 운명적이라고 느끼는 열정은 분명 사랑의 감도를 좋게 한다. 하지만 "당신은 내 운명"이라고 기쁘게 말하는 순간에도, 운명이란 실은 사랑을 하고 싶은 나의 욕망, 나의 에너지가 만들어낸 사건임을 아는 것이 중요하다. 사랑이라는 사건의 촉발자가 나와 상관없이 도래한 운명이 아니라 나 자신임을 정확히 인지하는 것. 내가 시작한 사건이므로 이 사건의 주인공은 철저히 나다. 끝내는 것도나다. 그러니 사랑이 끝날 때 상대가 나빴다는 둥, 배신당했다는 둥의 분노는 사실 부메랑에 불과하다. 분노해봐야 개선의 여지가 없는 한 자신만 상처투성이가 된다.

운명적 사랑이라는 거짓 신화를 만들고 거기에 집착하는 습관을 버릴 것. 운명적 만남은 없다. 굳이 운명적이라는 말을 쓴다면, 운명은 나의 욕망이 만들어 내 머리 위로 던져놓은 그물일 뿐.

당신이 동일한 패턴, 동일한 상처를 반복한다면 자기도 의식하지 못하는 사이에 운명의 반쪽 판타지에 빠진 것은 아닌지 점검하라. 사랑을 했는데 지독한 상처가 남았다면, 상처가 왜 생겼는지 연구하고 공부하라. 이번 사랑보다 다음 사랑은 나아야한다고 스스로를 격려하면서. 세상 어떤 일도 공부와 노력 없이저절로 나아지지는 않는다. 노력한다면 분명 아주 조금씩이라도 나아진다.

간혹 어떤 사람들이 보이는 첫사랑 집착증도 운명의 반쪽 신화와 양상이 비슷하다. 첫사랑, 첫키스, 첫날밤 등, 첫사랑 신

화의 지겨운 되풀이를 하는 사람과는 연애하지 마라. 첫사랑 집
착은 현실 도피의 낭만적 변형에 불과하다. 사실 첫사랑이 정
말 그렇게 강렬하게 마음에 남아서 첫사랑 얘기를 자꾸 꺼내는
게 아니다. 인간은 현재에 대한 만족도가 떨어질수록 과거 이야
기를 한다. 청춘의 시기, 아직 열정적이고 나름 순수했다고 생
각되는 그때를 추억함으로써 흘러가버린 세월에 항변하고 싶
은 사람들이 첫사랑을 자꾸 소환한다. 그래도 그때는 순수하고
나름 괜찮은 사람이었다는 생기 없는 자기 위안. 현재에 집중하
지 못하는 사람과 좋은 연애가 될 리 없다. 탁월한 선지식 틱낫
한 스님이 "모든 사랑은 첫사랑이다"라고 말한 것은 참으로 근
사한 사랑의 찬송이다. 현재에 최선을 다하여 정성을 쏟는 사랑
이라면, 모든 사랑이 첫사랑이다. 사랑에 관한 이토록 단순하고
강력한 진실에 무지한 채 지나간 첫사랑 타령하는 사람, 그때
그 사람이 내 운명이었던 것 같다는 말을 하는 사람, 운명의 반
쪽이 언젠가 나타날 거라 기대하고 있다는 사람, "그쪽, 제 첫
사랑 닮았네요" 같은 멘트를 던지며 다가오는 질 나쁜 바람둥
이에겐 가차 없이 경고등을 켤 것. 혹시라도 그런 멘트에 솔깃
하다면 눈 딱 감고 당신은 자기 성찰용 일기장부터 펴야 한다.
정신 차리자.

먼 곳을 돌아온 열매여,
보이는 상처만 상처가 아니어서
아직 푸른 생애의 안뜰 이토록 비릿한가

아무도 사랑하지 못해 아프기보다
열렬히 사랑하다 버림받게 되기를

- 「목포항」 中, 『내 혀가 입 속에 갇혀 있길 거부한다면』

사랑은 몸과 마음의
일치를 위한
끊임없는 노력

내 마음이 널 이렇게 사랑한다고? 마음만으로 충분하지 않다. 마음은 몸으로 표현되어야 한다. 그게 연애다. 연애는 유물론이고 실천론이다. 관념론의 영역이 커지는 시점이 되면, 그 연애는 시들어간다는 것이다. 관념론의 지배가 커진 자리에 남는 것은 추억이다. 고급지고 예쁜 프레임으로 액자를 해 넣었다 해도, 추억은 살아 움직이지 않는 과거의 기억일 뿐이다.

추억엔 몸이 없다. 몸이 없어서 종종 아련한 낭만성의 임무가 부여되지만, 사랑에 생기를 부여하지 못하고 오늘의 삶을 추동하지 못한다. 현재의 삶과 연결되어 현재에 광휘를 드리워주는 추억도 있지만, 현재의 삶과 단절된 채 '한때 그랬지' 유의 추억

이 많아지는 경우도 있다. 후자라면 오늘의 삶이 덜 행복할 가
능성이 크다. 나이가 많다고 추억이 많아지는 것은 아니다. 당
면한 현재에 집중하지 못할수록 후회가 많아지고, 그럴수록 단
절된 추억이 많아진다.

　사람은 추억으로 살지 않는다. 몸으로 산다. 생의 모든 연령
대의 무대에서 후회 없이 사랑할 것. 지금 하고 있는 사랑에 최
선을 다할 것. 생의 어떤 연령대에도 현재형의 사랑에 몰두할
수 있는 능력이 필요하다.

　사랑의 능력, 그 핵심에 몸이 있다. 마음을 몸으로 증명해야
하는 것이 연애고 사랑이다. 마음이 중요하지, 몸이야 마음 따
라가는 거 아니냐고? 사랑의 관계에서는 몸이 마음이다. 마음
이 몸이다. 이 둘은 분리되어 있지 않다.

　연애 혹은 결혼 이야기에 늘 따라다니는 문젯거리가 바람이
다. 질투, 집착, 소유욕 등의 단어가 출현하는 것도 이 맥락에
있다. 연애 관계가 형성되면 거의 자동적으로 상대가 한눈을 팔
거나 바람을 피우지 못하게 하려는 단속이 시작된다. 흔히 여성
의 경우가 더 치열하게 내 파트너의 바람을 단속하는 것처럼 보
이지만, 들여다보면 피차 마찬가지다. 연애의 끝, 사랑의 종말
은 비교적 순조로운 자연사 과정을 거치기도 하지만, 급격한 병
사의 원인으로 상대방의 바람, 외도 등이 끼어드는 경우가 잦

다. 원칙을 말하자면, 상대가 한눈을 팔거나 바람을 피울까 미리 걱정해 귀가 시간을 체크하고 일정을 단속하는 등 애쓰는 것은 다 부질없다. 그런 단속이야말로 사랑의 이름으로 이루어지는 반(反)사랑의 행위다. 사랑이란 자발적 구속됨을 포함하는 감정이기 때문이다.

세상에 숱하게 매력적인 사람들이 있지만 그중에서 오직 당신에게 끌리고 당신을 위해 무엇이든 하고 싶고 당신을 행복하게 해주고 싶은 기적과도 같은 자발적 구속력, 서로에게 기쁘게 구속된 몸의 관계가 연애의 상태다. 사랑의 마음이 몸으로 정직하게 표현되어 서로를 충만하게 하는 단계. 서로에게 가장 존중받고 서로를 가장 존중하는 이 관계에서 '내 짝'이라는 느낌은 관념적인 게 아니다. '당신은 내 사람'이라는 신뢰는 마음이 곧 몸인 상태에 대한 신뢰다. 세상에 숱한 유혹이 있지만 '내 사람'이기에 그런 유혹에 꿈쩍할 리 없다고 당신을 믿는 상태. 그런 신뢰에 충만한 자유의지로 서로 응답하는 단계.

불행인지 행인지, 인간의 마음은 사랑을 증명하지 못한다. 마음이 증명되는 것은 오직 몸-행동을 통해서다. 서로에 대한 신뢰가 깊은 커플은 바람이나 외도의 문제로 불안해하지 않는다. 사랑을 시작하는 초반기에 아직 서로를 충분히 알지 못하는 단계라면 불안할 수 있어도, 그 단계를 지나 인생의 동반자로서 '내 사람'이라는 신뢰가 생긴 단계에 접어들면 외부 요인에 의

한 불안은 사라지고 관계를 통한 상호 성장에 몰두하는 것이 자연스러운 단계다. 그러니 연애가 초반을 지나고도 여전히 상대의 바람이나 외도가 걱정되어 전전긍긍한다면 그 사랑은 의심해봐야 한다.

자발성, 즉 자유의지가 사라진 채 구속만 존재한다면 그것은 사랑의 상태가 아니다. 강제하지 않아도 스스로 내 곁에 있으려고 하는 사람, 단속하지 않아도 나만 사랑하려는 사람, 내 행복을 위해 가장 많이 마음 쓰고 귀 기울이는 사람, 이런 상태여야 사랑인 것이다.

결혼이 사랑과 아무 상관없는 제도로 추락하는 시점도 자발적 구속력이 사라질 때와 궤를 함께한다. 모든 결혼이 그런 것은 아니지만, 어떤 (심지어 대다수의) 결혼은 사랑이 사라져도 제도로서 관계를 강제하기에 결혼해도 외롭다는 이율배반을 낳는다. 그러니 세상에 그토록 많은 외도와 바람이 넘쳐난다. 계약은 있으나 사랑은 없고, 관계는 있으나 자발성은 없는 슬픈 광경들.

외도는 한 개인의 자아 존중감을 잿더미로 만드는 일이다. 내가 사랑하는 사람이 고통스러워할 일은 하지 않는 게 사랑하는 사람의 책무이자 명예임을 기꺼이 받아들인 사람은 바람을 피우지 않는다. 백만 마디 사랑의 말을 속삭인들 몸이 행동으로 마음을 증명해 보이지 못한다면 그 사랑은 미완이다. 마음이 진정 여기 있다면 몸이 딴 데 가서 이상한 짓을 할 수 없다. 사랑한다면서 상대의 뺨을 칠 수 없고, 죽도록 구타해놓고 술 취해 한 짓이니 용서해달라고 해서는 안 되며, 모욕적인 말을 입에 담아놓고 내 마음과 다른 말이 홧김에 나왔으니 용서해달라고 해서는 안 되는 것이다. 외도나 바람 같은 문제부터 데이트 폭력, 연인 혹은 부부 간의 성폭행 같은 일에 이르기까지 사랑 아닌 폭력의 사태를 사랑이라는 말로 우격다짐하면서 생기는 비극이 얼마나 많은가.

마음은 사랑이라 우겨도 몸으로 표현되는 것이 사랑이 아니라면 그건 사랑이 아니다. 그래도 마음만은 안 그럴 거라고 믿고 싶어하는 당신. 믿고 싶지 않지만 불길한 어떤 단계가 왔다면, 과감하게 사랑을 의심해라. 많은 이들이 관계가 끝났음을 인정하기 두려워서 사랑이 아닌 관계에 대해 종언을 고하지 못한다. 세월은 우리를 기다려주지 않는다. 우물쭈물하다간 아까운 시간만 간다.

사랑은 말과 행동의 일치, 마음과 몸의 일치를 위해 끊임없이 노력할 것을 요구한다. 자발적으로 기꺼이 사랑의 명령에 복종하고자 할 때까지가 사랑의 순도가 유지되는 기간이다. 언행과 심신의 일치가 얼마나 어려운지를 경험하는 인생의 과정이고, 마음을 몸으로 더 잘 표현할수록 무르익은 생이란 걸 알게되는 과정이기에 사랑이 위대해지는 거다.

'혼전 순결'은 혼인 전 순결을 의미하는 말이다. 하루빨리 사라져야 하는 시대착오적 어휘인데 청소년 성교육 같은 데서 여전히 사용된다는 이야기를 듣고 놀란 적이 있다. 중요한 것은 '혼후 순결'이다. 물론 이때의 '혼'은 결혼에 국한되지 않는다. 사랑의 마음을 몸으로 발현하는 인연을 맺었다는 것. 새로운 연애를 시작하기 전 각자가 살아온 역사는 이 관계에 어떤 영향도 미칠 이유가 없다. 중요한 것은 지금부터, 즉 관계가 형성된 후의 순결이다. 사랑의 기초인 순결이 흔들린다면 애타다가 스스로 폐허가 되지 말고 늦기 전에 사랑의 끝을 인정하는 게 낫다.

사랑,
성숙하거나
망하거나

'내 짝을 찾았을 때' 강력한 생의 에너지가 발산된다. 동반자가
된 사람들이 서로에게 잘 의존해서 세상에 대해 보란듯이 자신
들의 자유와 행복을 구가하는 것은 사랑의 독보적인 능력이기
도 하다. 세상의 제도와 규칙은 흔히 개인들의 자유와 사랑에
호의적이지 않다. 개인을 시스템의 도구로 전락시키는 무한 경
쟁의 자본주의 물신 사회에서 자유의 쟁취란 갈수록 힘든 일이
므로 사랑의 능력이 더욱 절실해진다.

　사랑하는 사람과의 상호의존성이 자연스럽고 충실도 높게
유지될 때, 이 관계의 안정감은 개인이 사회적 관계에서 독립
적이고 자유로운 사람이 될 수 있도록 지지하는 강력한 힘이 된

다. 인생에서 정말 믿고 의지할 딱 한 사람만 있으면 된다는 옛 말의 위력은 현대로 올수록 절박해진다. 사랑하는 사람과의 관 계에서 친밀한 의존성이 충분히 확보될 때 나는 세상에 대해 위 축되지 않는다. 완전하게 신뢰하고 의지할 수 있는 사람이 곁에 있다는 것. 인생의 가장 큰 축복인 이 역할을 사랑의 관계로 맺 어진 파트너가 하는 것은 당연하다. 사랑한다면 그렇게 하고 싶 기 때문이고, 그래야 사랑이기 때문이다. 사랑에는 계산이 개 입되지 않는다. 말로만 속삭이는 백만 마디 말보다 상대를 위해 무엇을 할 것인가를 성찰하고 행동하는 개인이 성숙한 사랑꾼 인 이유다. '무조건' 당신을 행복하게 해주고 싶은 마음, 당신에 게 힘이 되고 싶은 마음, 이것은 사랑의 대전제다.

사랑하는 사람들 간의 상호의존성에 대한 가장 경박한 몰이 해와 가장 무거운 은폐, 극단의 두 경향이 드러나는 사례를 잠 깐 확인하자.

A: 사회경제적 지위가 좋은 집안의 학벌 좋은 이십대 청년이다. 연애 중이라고 해서 행복하냐고 물었더니 이렇게 답했다. "솔 직히 말하면 이런 관계가 소모적으로 느껴진다. 어차피 지금 만 나는 사람과 결혼할 것도 아닌데 너무 많은 시간과 돈을 쓰는 것 같다. 시시콜콜한 것까지 의논해 오는 상대가 가끔은 피곤하

다. 배울 만큼 배운 애가 왜 그렇게 나한테 의존적인지 모르겠다. 그래도 친구들의 여자 친구와 비교해보면 제일 예쁘고 몸매도 좋다."

슬픈 사례다. 사랑한다는 행위의 기초조차 이해하지 못한 채 '연애 중'이라고 말하는 이런 메마름이 자신은 물론 상대방을 얼마나 피폐하게 만들 것인지. 하지만 이런 태도 역시 부모나 친구 등 주변 누군가들의 영향이고 그들에게 배운 것일 테니, 그만 탓할 수도 없다.

진짜 연애는 다다익선이다. 그러나 진짜 연애가 아니라 섹스의 해결, 남는 시간 때우기 등에 소모되는 연애라면 청년의 말처럼 시간 낭비가 되기 쉽다. 상대방과 정서적 소통이 충만하지 않은 섹스를 하느니 스스로를 충분히 기쁘게 해줄 수 있는 질 높은 마스터베이션이 낫고, 시간 때우기용 잡담보다 홀로 하는 독서나 영화 감상이 영혼에 훨씬 이롭다.

사랑이 인생을 성숙시키는 가장 큰 공부가 되는 것은 내가 아닌 타인을 깊이 사랑하는 경험을 통해 나의 인격이 조금씩 나아지기 때문이다. 사랑의 이름으로 관계 맺은 사람에게 좋은 의지처가 되어주고자 노력하는 것, 연애 중인 상대가 내게 의지하는 것을 기뻐할 수 있는 사람이라면 지금보다 훨씬 행복한 삶을 살 수 있을 텐데!

멋진 인생을 위해 지금 당신에게 시급한 것은 스펙 관리가 아니라 사랑의 능력을 업그레이드하는 일이다. 다행히 사랑의 능력은 노력할수록 나아지는 후천적 재능이니 부디 한걸음씩 나아지기를! 세상이 흔히 요구하는 모든 것을 갖추어도 사랑의 능력이 결핍되어서는 생의 기쁨을 충만히 누릴 수 없다.

B: 능력을 인정받는 삼십대 직장 여성이다. 사내 연애 중이다. 상대는 신입 때부터 챙겨주며 연인으로 발전한 연하남이다. 회사에서는 비밀이지만, 친한 친구들은 알고 있다. 친구들 사이에서 그녀는 착실한 연하남과 연애하는 능력 있는 커리어 우먼으로 부러움의 대상이지만, 사실 그녀는 요즘 점점 불안감이 커져가고 있다.

연애의 시작은 연민이었다. 어려운 가정 형편에도 자기 앞가림 잘하는 반듯한 신입 사원은 잘생기고 싹싹한 착한 남자였다. 고민을 들어주고 이런저런 일을 보살펴주다가 연애를 시작하게 되었다. 그녀는 남자가 회사에서 빨리 인정받을 수 있게 해주고 싶었고, 남자는 그런 바람에 부응했다.
여기까지는 서로에게 잘 의지한 괜찮은 커플의 이야기로 들릴 테지만, 문제는 그리 간단하지 않다. 앞선 청년의 경우와 전혀 달라 보이지만, 사랑에 입각한 건강한 상호의존성에 대한 이

도와주고 싶었던 상대가 홀로 비상하는 것이 가능해질 때
내가 진정으로 기쁨과 환희를 느끼는지,
아니면 불안과 두려움을 더 많이 느끼는지
자신의 마음을 솔직하게 관찰해보라.
상대가 홀로 온전히 자유롭고 당당하게 비상할 수 있도록
돕는 것이어야 사랑이다.

해가 결핍되어 있기는 마찬가지이기 때문이다.

연민에서 시작한 감정이 진짜 사랑이 되는 것은 매우 어려운 일이다. 성공적인 체질 전환이 아주 불가능하지는 않지만, 대부분은 실패한다. 연민은 사랑의 응원군이 되기보다 적이 되기 쉬운 매우 복잡한 감정이기 때문이다.

여자의 바람대로 남자는 잘 성장하고 있는데 그녀는 왜 불안감을 느끼는 걸까? 연민이 사랑이 아닌 이유가 이 지점에서 적나라해진다. 연민의 감정은 아이러니하게도 상대의 성장을 진심으로 반기지 않는다. 상대를 돕고 싶었지만 정작 상대가 성장해서 더 이상 내 도움이 필요 없어질 것 같으면 불안해지고, 상대가 자신을 떠날지도 모른다는 두려움이 생겨난다. 상대가 계속 자기 도움을 받아야 하는 상태로 머물러야만 관계의 안정감이 유지되는 이율배반, 이것이 연민의 한계다. 상대를 돕지만 그 도움이 상대의 자유로운 비상을 진심으로 응원하고 기뻐하는 방향이 아니라 자신에게 의존해서만 날 수 있게 족쇄를 채우는 방향이라는 것. 날개를 달아주고 싶지만 반쪽 날개만 허용하는 것은 매우 위험한 반사랑의 방식이다. 도움을 주는 자신에게 의존하게 해서 떠나지 못하게 하려는 이 내밀한 욕망의 부조리가 스스로도 당혹스럽기에 연민을 사랑이라 '굳게 믿고 싶은' 마음의 은폐 작용이 더욱 강력히 나타나고, 실제로 연민으로 맺어진 커플들의 많은 경우가 돌이킬 수 없는 관계가 되어도 사랑과 연민을 혼동한다.

자기감정이 연민인지 사랑인지 정확히 알기 위해서는 무엇보다 스스로에게 솔직해야 한다. 도와주고 싶었던 상대가 홀로 비상하는 것이 가능해질 때 내가 진정으로 기쁨과 환희를 느끼는지, 아니면 불안과 두려움을 더 많이 느끼는지 자신의 마음을 솔직하게 관찰해보라. 상대가 홀로 온전히 자유롭고 당당하게 비상할 수 있도록 돕는 것이어야 사랑이다. 상대의 독립 비행을 불안해하며 자기에게 기대서만 비행하라고 하는 것은 연성화된 소유욕이기 쉽고, 어떤 경우에도 소유욕은 사랑이 아니다.

사랑하는 사람들이 서로를 조금씩 조율하며 서로에게 최상의 의지처가 되어줄 수 있도록 노력하는 관계. 당신이 세상에서 어떤 일을 겪어도 "걱정하지 마, 내가 있잖아"라고 격려할 수 있는 사람. "당신이 세상 가장 밑바닥으로 굴러떨어진다 해도 내가 있으니 두려워하지 말고 세상으로 나가! 지금 이 순간 세상에 존재하는 자로서 느낄 수 있는 가장 풍성한 것들을 당신이 자유롭게 누리길 바라!"라고 응원하는 사람. 서로에게 그런 사람이 되어주면서 사랑의 인격은 성장한다.

더 자유롭고 품위 있고 아름다운 사랑을 하고 싶은 욕망은 드높을수록 좋다. 사랑의 질을 높이고 또 높이는 것. 어쩌면 이것이야말로 우리가 생을 살면서 '이것이 내 삶의 목표'라고 당

당하게 말할 수 있는 유일한 것인지도 모른다. 우리가 흔히 목
표라 설정하는 직업적 성공, 돈, 명예, 이 모든 것들이 사랑이
없다면 얼마나 공허한 헛것이며 허영에 가득 찬 것이기 쉬운가
말이다.

만나서 하나의 몸을 이루고 싶은,
서로의 몸을 깍지 낀 채 함께 머무는
지금 이 순간
당신이 사랑한 사람들을 나도 사랑하려는
나는 나들이다
당신이 그런 것처럼

나들이 함께 머물며 이룬
체, 나는 사랑의 인연이 만든 기계
당신의 모터사이클로 존재하는
나는 지금 이 순간의
사랑의 역사

나들은 언제든 새로운 길을 떠난다
체, 당신처럼

  —「모터사이클 다이어리」中, 『나의 무한한 혁명에게』

2장

사랑, 섹스
그리고
결혼에 대하여

그대가 내게
키스하지
않는다면

"달콤한 성교 없이 사느니 차라리 백번도 더 죽는 게 낫겠어요. 당신을 사랑해요. 죽도록 사랑해요. 내가 나 자신의 영혼을 사랑하는 한 당신을 사랑해요"라고 2세기 사람 루키우스 아풀레이우스가 쓴 『황금당나귀』에 나온다. 라틴어로 쓰인 이 책은 현재까지 남아 있는 가장 오래된 이야기책이니, 최초의 소설쯤에 해당하겠다.

고대 히브리의 사랑시인 「아가」에는 이런 구절이 있다.

"오 북풍이여 잠 깨어라 / 남풍이여 일어나라 / 나의 정원에 불어 / 나의 향기가 흐르게 하라 / 그리하여 내 사랑이 정원에 들어가게 하여 / 달콤한 과일을 따 먹도록 하라."

인간의 역사는 사랑의 역사다. '그대가 내게 키스하지 않으면' 아무 소용이 없다고 속삭이는 육체성의 갈망은 사랑이 지닌 수많은 결 중 매우 중요한 부분이다. '러브(Love)'라는 말이 '갈망한다'는 의미의 산스크리트어 'Lubh'에서 비롯되었다는 이야기도 이런 맥락이다. 갈망한다는 것은 정신의 측면에 작동하는 욕망이기 이전에, 손잡고 키스할 수 있는 육체에의 갈망에 먼저 닻을 내린다. 우리가 흔히 로맨스라 부르는 낭만적 사랑의 감정 역시 성적 갈망과 세련되게 얽혀 있다.

과학은 낭만적 사랑의 능력에 대해 까칠하게 정리한다. 수정 완료의 시점까지라도 짝짓는 에너지를 특정한 한 사람에게 집중하도록 하기 위해 낭만적 열정이 진화되어왔다고. 일종의 성적 독점욕과 관련 있는 이런 견해는 불편하긴 해도 부정할 수는 없는 진화론적 맥락을 가지고 있다. '지고지순한 사랑의 능력'이나 '영원한 사랑' 운운하는 낭만적 판타지 이전에 이기적이면서도 생명력 강한 유전자적 야성이 존재한다는 것. 이런 배타적 열정의 단계는 우리가 사랑의 역사라고 부르는 이 특별한 총체적 관계성의 가장 아래 단추 몇 개를 구성한다.

야생동물이 구애에 쏟는 에너지는 엄청나다. 세상일이 너무 갑갑하면 가끔 내셔널지오그래픽의 다큐들을 보곤 한다. '짐승만도 못하다'는 말이 인간 세상의 욕으로 통용되듯이, 인간들은 흔히 동물의 세계를 오해한다. 하지만 동물들이 단순히 약육강식의 네트워크로만 살아가는 것은 아니다. 인간에 고착되어 메말랐던 나의 눈이 대지와 물속의 다양한 동물들의 세계를 훔쳐보면서 다시 순수해진다는 느낌이 들 때가 많다. 짐작한 대로, 무엇보다 내가 자주 놀라는 것은 동물들도 특별한 상대에게 감응하고 열렬한 에너지의 파장을 내보낸다는 거다. 쓰다듬고 입 맞추고 핥고 꼬집고 비비고 장난치고 토닥거리고 포옹하고……. 또한 역시 짐작한 대로, 육지와 바닷속 모든 곳의 생물들은 사랑할 때 가장 아름다웠다.

길고 긴 달팽이의 섹스, 신비한 빛깔로 명멸하며 한없이 투명에 가까운 유장한 춤을 추는 해파리의 섹스, 우아하고 신비한 기린의 섹스, 기묘한 텔레파시를 주고받는 듯 신비한 외계의 느낌을 풍기는 펭귄이나 돌고래의 섹스……. 아주 많은 동물들이 저마다 독특하고 신비한 섹스의 아우라를 지니고 있다. 한 가지, '흘레 붙다'라는 말로 자주 비하되는 개의 경우는, 글쎄다, 동물들의 섹스의 아름다움을 적극 옹호하는 내가 보기에도 그다지 아름다워 보이지 않는 것이 사실인데, 개들의 섹스가 너무 적나라하게 공개되기 때문은 아닐까 싶은 생각이 들기도 한다. 야생과는 달리 인간의 마을에서 로맨틱한 섹스를 위해서는 얼마간 '가려진' 공간이 필요한 건지도. 공공장소에서 지나치게 노골적인 애무를 하는 사람들이 좋아 보이지 않는 것도 비슷한 맥락이다. 애틋한 눈길, 따뜻한 포옹이나 손잡음, 가벼운 입맞춤 정도를 벗어난 사랑의 행위들은 둘만의 공간에서 나누거나 광활한 자연 속에서 나눌 때 가장 미학적인 것 같다.

어쨌든 내가 흥분하게 되는 것은, 시간이 짧거나 오래 지속되거나 하는 차이가 있지만, 인간처럼 동물도 '특정한' 상대에게 매력을 느끼고 끌리거나 홀린다는 것이다. 동물들이 짝짓기를 위해 아무나 유혹한다고 흔히 생각하지만, 개들조차 아무하고나 짝짓기하지 않으며 선택하는 상대가 있고 거부하는 상대가 있다는 것. 성호르몬의 작동 유무와 관계없이 특정한 상대에 대한 호오가 있다는 것. 이것은 정말이지 신비한 일이다.

다윈을 비롯해 제인 구달에 이르기까지 동물학자들의 견해를 보면 성적 조건이나 지위, 서열 등에 관계없이 어떤 상대에게 '특별히' 끌리는 암수가 있다고 한다. 우리가 통념으로 알고 있는 것처럼 가장 강하고 힘센 대상에게만 끌리는 게 아니라, 특정한 누군가에게 홀리거나 끌리며 사랑을 느낀다는 것. 이 특별함의 기원, 사랑의 불씨에 대해 몽상한다.

코끼리가 죽은 벗을 애도하는 장면을 본 적이 있다. 사랑을 담아 벗을 보내고 있구나, 싶었다. 좋은 이별이었고, 오래 여운

내 몸과 영혼의 공명지인 당신!
그러니 세상의 모든 달콤함이
무슨 소용이겠나.
그대가 내게 키스하지 않는다면.

이 남도록 찡했다. 아프리카 암컷 코끼리는 자신에게 환심을 사려는 수많은 수컷 코끼리 중 유독 한 마리의 코끼리만 선택하는데, 선택의 기준은 사람들이 동물들의 짝짓기에 대해 미루어 짐작하는 것처럼 그렇게 단순하지 않다. 그것은 유장한 홀림의 여정을 동반한다. 며칠에 걸친 길고 긴 섹스가 시작되고, 그들의 애무는 끝날 줄 모르고 이어진다. 그 시간 동안 세상에 마치 그들만 있다는 듯 오직 상대방에게만 관심을 보이면서. 낮고 부드러운 저음의 속삭임이 우주의 공명통이 울리듯 지속되면서, 그들은 부드럽고 강렬한 스킨십의 리듬을 만들고 공명하듯 서로의 말들을 주고받았다. 말할 수 없이 아름다웠다. 발정기의 본능으로만 한정할 수 없는 어떤 소통의 열락을 그들이 경험하고 있다는 것을 직관적으로 느낄 수 있었다.

발정기가 아닌 시기, 즉 성적 교미를 하지 않는 시기에도 특정 상대에게 특별한 친밀감을 보이는 동물들이 존재한다. 강렬한 끌림을 보이며 그들은 함께 놀고, 사랑의 몸짓을 주고받는다. 서로의 몸을 다듬어주고 교태를 부리고 부드러운 표정과 눈빛, 특이한 저마다의 발성으로 사랑을 속삭인다. 대개의 동물들은 사랑에 빠지면 식음을 전폐하는 집중과 혼란을 겪으며 상대방에게 몰입한다. 이 배타적 집중력과 불안과 혼돈⋯⋯. 이 순간 그들이 참으로 아름답다는 것을 그들도 알까? 사랑에 빠진 동물들의 광채! 사랑은 그들을 빛나게 한다. 인간도 마찬가지다.

내 몸과 영혼의 공명지인 당신!

그러니 세상의 모든 달콤함이 무슨 소용이겠나. 그대가 내게
키스하지 않는다면.

한 남자와
한 여자의
불꽃놀이

그리고 신은

-자크 프레베르

그리고 신은

불시에 아담과 이브에게 나타나

이르되

부디 계속하라

나 때문에 방해받지 말고

마치 내가 존재하지 않는 듯이 행하라.

쿡쿡쿡, 나는 웃는다. 당신은 랄랄라, 웃는다. 프레베르의 유머

에는 크리스마스 성냥 같은 온기가 있다. 한때 초현실주의 운동에 열렬히 가담했다가 곧 결별하고 사르트르 등 소위 좌파 작가들과 연대하며 자유분방한 삶의 이력을 펼쳐온 프레베르. 그에게선 발랄한 소년 같은 호기심이 넘치고, 어떤 이념이나 운동으로 고착시킬 수 없는 자유로운 에너지가 느껴진다. 그가 보여준 자유로운 삶의 궤적을 통칭하라면 오직 하나, 삶에 대한 사랑이 아닐까. 사랑 속에서 유연하고 자유롭게 자신의 진정이 이끌리는 대로 랄랄라, 걸어가는 프레베르.

그는 아름다움을 만드는 것이 자연스러움이라는 걸 보여주는 사랑스러운 시인이다. 그의 시에는 일상적인 진술 속에 운문의 숨결, 일종의 노래가 숨어 있다. 삶을 사랑하며 사는 법을 아는 이의 여유와 자연스러운 웃음이 랄랄라, 묻어난다. 하긴, 그는 스스로를 굳이 시인이라고 생각하지도 않는 듯하다. 삶을 잘 사랑하는 것이 시를 쓰는 일보다 항상 더 바쁘고 소중했던 사람. 그냥저냥 이때요때 자기 좋아하는 일들을 랄랄라 하며 살다 보니 시인이 된 이 사내가 나는 가끔 부럽기도 하다. 사랑인 것에는 온 가슴으로 응답하고, 사랑이 아닌 것에는 온 가슴으로 분노할 줄 안 사람.

그러니 사랑을 억압하는 모든 형태의 덫에 저항하는 그의 저주는 때로 혹독하다. 가난, 전쟁, 권력, 종교, 도덕이라는 허울, 숨 막히는 교육, 관습과 제도라는 폭력에 그는 가차 없이 저주의 말을 던진다. 그런데 웬일일까, 그가 내뱉는 말들은 저주조차 사랑스럽다. 랄랄라 까르르, 터지는 웃음 다발처럼. 앞서 전한 것처럼 말하자면 이런 식이다. "하늘에 계신 우리 아버지, 그냥 거기 계세요. 우리는 이대로 땅 위에 있을게요!"

쿡쿡쿡, 나는 웃으면서 큰 소리로 말해본다.

"그리고 신은 말이야, 불시에 아담과 이브에게 나타나 부디 계속해주라, 나 때문에 방해받지 말고 마치 내가 존재하지 않는 듯이 부디 사랑을 계속 나눠주라. 이렇게 말했대. 오, 사랑스러운 하느님! 오, 사랑!"

청소년기를 지나면서 한번쯤 우리가 어떻게 세상에 태어나게 되었을까 생각해보게 된다. 내가 자랐던 세대는 성 담론이라고 할 만한 것들이 워낙 음성적이어서 성과 섹스에 대해 부정적인 선입견을 갖는 아이들이 많았다. 나도 그랬다. 성과 섹스는 드러내놓고 말하기에 수치스러운 무엇으로 치부되곤 했고, 불결한 금기의 영역이라 여겼다. 국어사전에서 여자와 남자의 성기를 지칭하는 단어를 남몰래 찾아보았을 때가 기억난다. 그 단어들이 사전 속에 명시되어 있다는 것이 너무나 놀랍고 부끄러웠던 기억. 그런데 나만 그런 게 아니었다. 심지어 월경하는 몸에 대해서도 뭔가 부끄럽고 위험한 일이 일어나고 있는 것 같은 느낌을 가졌으니, 내 몸의 주인으로 자신을 사랑하기까지 우리

세대가 겪어야 했던 우여곡절이 퍽 길었던 셈이다.

성을 자연스럽고 아름답고 건강하게 인식하는 것은 행복한 삶을 위해 매우 중요한 일이다. 구체적인 사랑의 행위 없이는 새로운 생명이 세상에 올 수도 없거니와, 무엇보다 중요한 것은 '사랑의 행위'를 통해 세상의 에너지가 생생하게 아름다워진다는 것. 이를테면 지구의 사랑 에너지 지수를 높이는 가장 중요한 행위가 랄랄라, 다정다감한 섹스의 일렁임이라는 것! 일상을 행복하게 만드는 중요한 순간들에 다정한 몸들의 축제가 있다는 것! 5대양 6대주의 생명 있는 모든 존재들이 날마다 건강하고 행복한 느낌 가득한 섹스를 나누기를! 이것은 지구 전체를 위한 평화의 선언이다, 랄라라!

축제

– 자크 프레베르

어머니의 드넓은 물에서

나는 겨울에 태어났다

2월의 어느 밤

그보다 몇 달 전

봄이 한창이던 때

우리 부모 사이에

불꽃놀이가 벌어졌었다

그것은 생명의 태양이었다

난 이미 그 속에 들어앉아 있었고

그들은 내 몸에 피를 쏟아 넣었다

그것은 샘에서 나온 포도주였다

지하 창고의 포도주가 아니라

나도 어느 날

그들처럼 떠나리라.

기억하니? 나도 2월에 태어났어.

당신은 3월, 4월, 5월, 6월, 7월, 8월, 9월, 10월, 11월, 12월, 1월의 아이구나.

축하해! 우리 모두!

그리고 또 축하해!

우리를 세상에 오게 한 한 여자와 한 남자의 불꽃놀이를. 생명의 태양을.

꽃으로 오기 전 너는 무엇이었나
거꾸로 선 폭포였나 진흙창 뒹굴던 놋반지였나
내 독은 아직 사타구니 뜨거운 희망이라서
절망을 멸하러 오는 절망의
맨얼굴을 볼 수 없다 네 발목을 잡을 수 없다

- 「백목련 진다」 中,『내 혀가 입 속에 갇혀 있길 거부한다면』

사랑에 관한
거의 완벽한
고백

안전하고 차갑고 이기적이며 계산이 분명한 만남들이 세상엔 너무 많다. 만나고 있지만 만나지지 않는 만남들이 늘어가는 듯해 쓸쓸해지는 날엔, 평생에 걸쳐 한 사람과 깊은 사랑을 나눈 사람들의 이야기를 찾아 읽는다. 사랑으로 각자의 인생을 성장시켜가고 서로를 완성시킨 사람들의 이야기는 용기를 준다. 사랑과 용기라니. 그들의 사랑이 매순간 용기가 필요한 위험한 것이었기에 더욱 감동을 주는 것인지도 모른다.

나는 위험을 무릅쓴 사랑이 좋다. 용감하고 지적이며, 때론 오해도 받았지만 정직했던 사람들의 모습들이 좋다. 특히 내가 좋아하는 사랑 이야기는 루쉰과 루미의 것. 위험한 사랑이 있지만, 해서 안 되는 사랑이란 없다. 루쉰과 쉬광핑의 이야기는 워낙 많이 알려져 있는데, 이들이 주고받은 편지들은 사랑에 관해 사색할 때 특별한 영감을 주는 기록들이다. 열일곱 살 차이 나는 제자 쉬광핑과 스승 루쉰. 쉬광핑에 대한 존중과 사람을 키우는 배려에 있어서 루쉰은 훌륭한 사랑 교사였다. 당시의 관습에 따라 루쉰은 쉬광핑을 만나기 전에 이미 결혼한 상태였다. 봉건사회였던 당시의 결혼이란 가문 대 가문의 일이었으므로 사랑이니 하는 감정이 개입되지 않은 것이었다. 그럼에도 루쉰은 루쉰다운 인격으로 그의 아내를 존중했고 잘 지내보려 노력했다. 하지만 전형적인 봉건사회 여성이었던 아내와는 어떤 대화도 불가능했고, 루쉰은 결국 대화와 사상의 공유가 가능한 쉬광핑과의 사랑을 운명으로 받아들인다. 자신의 모든 것을 앗아가버릴 수도 있으리란 걸 알면서도 끝내 선택하는 사랑의 위험성과 순정함은 루쉰 속의 뜨거운 예술적 자아와도 상통하는 것이리라.

루미와 샴스의 이야기는 훨씬 더 위험하다. 인생 전체를 격렬하게 변화시킨 사랑이기 때문이다.

13세기 페르시아의 시인 젤랄렛딘 루미. 이 감미로운 이름의 시인은 지금으로 치면 아프가니스탄에서 태어난 아랍의 시인이다. 십자군과 칭기즈칸의 몽골 군대와 맞서 싸워야 했던 오스만 제국의 혼란기를 어린 시절에 거치면서, 그는 평화와 사랑을 통한 영적 황홀함을 갈구하는 신비주의 철학에 깊이 매료된다.

서른일곱 이전에 루미는 이미 저명한 신비주의 철학자로 이름을 떨쳤지만, 이후 그가 위대한 시인으로 인생을 변화시킨 것은 사랑의 힘 때문이었다. 사랑이 그를 이끌었고, 사랑이 그를 완성했다. 타브리즈의 수피이자 떠돌이 성인인 샴스와의 만남이 그것이다. 샴스와의 첫 만남을 기록한 루미의 글은 이렇다.

"수많은 거리의 사람들 중, 오직 그만이 내 눈을 채웠다. 나는 모든 경전을 알고 있었고, 그 경전 속의 신을 알고 있었다. 하지만 그날 신이 한 사람을 통해 나에게 현현한 것이다."

루미의 이런 고백은 사랑에 관한 거의 완벽한 표현이라고 나는 생각한다. 성인 샴스를 만났다고 표현하는 것이 아니라 샴스와의 사랑이 그렇게 출발했다고 그는 말한다. 신이 한 사람을 통해 현현하는 것. 내게 현현하는 신들이 낱낱이 사랑의 화신인 것. 사랑 속에서만 신이 숨 쉬고 노래하고 창조할 수 있다는 것.

샴스와 루미. 가끔 이렇게 입속에서 굴려볼 때가 있다. 나중에 소박하고 평화로운 공간, 말하자면 작은 카페나 서점이나 작은 유기농 가게나, 뭐 이런 조그만 나의 공간을 갖게 되면 '샴스와 루미'라는 이름을 붙여도 좋겠다는 생각이 들 만큼 두 이름의 조화는 음악적이고 사랑스럽다. 스승과 제자, 가르침을 전수하는 자와 전수받는 자로 만났으나, 그 만남의 본질은 따뜻하고도 열렬한 사랑의 온기였다. 그들이 가르침을 전하고 받는 최초의 동거 기간을 상상해본다. 두 신비주의자가 40일 동안 단둘이 지내면서 모든 것을 샴스로부터 배운 루미와 모든 것을 루미에게 준 샴스를 떠올린다. 그들이 머문 곳에 드리웠을 사랑의 열기……. 그 시간, 그 공간 그리고…….

샴스와 루미의 특별한 관계를 받아들이지 못한 루미의 추종자들에 의해 샴스가 살해되기까지, 그들이 나누었던 사랑의 신비는 그 후에도 계속된다. 샴스의 죽음 이후 비통해하며 몇 년을 보낸 후 루미가 시인이 된 일화는 그 한 예다. 어느 날, 대장간 앞에서 대장장이의 망치질 소리를 가만히 듣고 있던 루미가 갑자기 춤을 추기 시작했다. 이후 루미는 철학자 루미에서 시인 루미로 살았다. 루미는 거리에서도, 목욕탕에서도, 들판에서도, 시장에서도, 어디서나 시를 짓고 읊었다. 샴스를 잃은 고통을 겪으며 사랑이 온 자리를 돌연 깨닫고 시인으로 거듭난 루미. 평범한 일상과 종교적 영성이, 성과 속이 부드럽게 섞이고 흐르는 시간 속에서 그는 시를 쓰고 자신의 대부분의 서정시 끝에 자기 이름 대신 샴스의 이름을 적어 넣는다. 사랑하는 이와의 완전한 합일을 시를 통해 구현한 루미는 이후 30년간 이렇게 사랑의 법열을 노래한 시인으로 아름다운 시와 우화를 남긴다.

나는 가끔 수피 음악을 듣곤 하는데, 그때마다 루미와 샴스를 떠올리게 된다. 수피들의 제의에서 치러지는 춤도 매우 인상적인데, 지금 이 순간의 사랑만을 자기편으로 둔 순수한 평화의 느낌이 좋다. 루미의 시 「누군가 묻거든」 중의 한 연을 당신에게 보낸다.

> 누군가 정신이 무엇인지, 신의 향기가 무엇인지 묻거든
> 사랑하는 이의 얼굴에 당신의 얼굴을 가까이 대고
> "이와 같다"

근사하지 않은가. 사랑이 찾아오면 인간은 특별한 존재가 된다. 많은 사랑을 맞고 또 보내면서, 나는 어렴풋하게나마 느끼고 있다. 사랑이 찾아오는 것이 우리의 영혼을 진보시킬 수 있는 특별한 기회로 오는 것임을. "사랑해요"라는 당신의 한마디를 단초 삼아 나는 몸과 영혼의 신비로운 긴 여정에 오른다. 누가 내일 할 일이 무어냐고 물으면 당신과 함께 밝힌 촛불을 들고 "이와 같다"고 말하겠다. 이것은 날마다 새로운 사랑이다. 날마다 전 인생을 거는 사랑, 사랑하지 않는다면 죽음과 무엇이 다르겠느냐고!

그대, 나를
살게 하는 힘

아침저녁으로 읽기 위하여

-브레히트

내가 사랑하는 사람이

나에게 말했다

"당신이 필요해요"

그래서

나는 정신을 차리고

길을 걷는다

빗방울까지도 두려워하면서

그것에 맞아 살해되어서는 안 되겠기에.

　스산한 늦가을 저녁이다. 황금빛으로 나부끼던 은행나무들이
잎을 다 떨군 자리에, 가시고기같이 앙상한 나뭇가지들이 검게
빛나는 저녁이다. 가끔 이렇게 마음이 종잡을 수 없이 수런거리
는 날이 있다. 먼 곳에서 걸려온 당신의 전화를 받다가 도중에
툭, 끊어졌을 수도 있다. '곧 다시 전화하겠지⋯⋯', 기다렸지
만 전화는 걸려오지 않았을 수도 있다. 전화기를 두 손으로 꼭
감싸 쥐고 "어서 전화해⋯⋯, 어서 전화해⋯⋯" 중얼거리다 숨
차게 밤길을 달려갔는지도 모른다. 전화를 받지 않는 연인이 방
안에 쓰러져 있는 줄 알고 죽어라 문을 두드린 기억이 당신에게
도 있는지.

　사랑해. 나중에 봐. 입맞춤하고 돌아서서 걷다가 곧장 뒤돌아
당신에게 달려간 적이 있다. 눈앞에 안 보이면 무슨 일이라도
생겼을까 초조해하던 날들. 인생의 나쁜 일들은 예고 없이 내리
는 진눈깨비처럼도 오니까, 내가 없으면 당신을 지켜줄 수 없을
것 같아 여행을 떠나지 못한 날이 있다.

　그런 날들에 가끔 브레히트의 시를 읽는다. 때로 모든 걸 포
기하고 싶은 날이 있다 해도 끝내 우리를 살게 하는 것은 나를
필요로 하는 누군가 때문이다. 사람을 살게 하는 것이 사랑의
힘이라는 것은 삶이 얼마나 기적 같은 일인지 일깨운다. 태어났

으니 그저 살아지는 게 아니다. 사랑하는 연인, 아내, 남편, 아이, 부모, 친구 때문일 수도 있고, 내가 없으면 돌볼 사람이 없는 개나 고양이 때문일 수도 있다. 사랑하는 타인이 나를 살게 하는 힘임을 깨달을 때, 세상에 타자라고 규정할 수 있는 존재가 실은 없음을 느끼기도 한다. 세상 모든 사람들이 저마다 타인이라고 말할 수 없는 누군가들을 사랑하며 그 힘으로 살아가는 세상이라면, 과연 누가 누구에게 타인이겠나.

건널목에선 확실하게 인도에 올라서 있도록 해. 자전거 탈 때는 항상 차를 조심하고. 스마트폰 하면서 걷지 말고. 도로가 얼마나 위험한데. 차 안에선 항상 안전벨트 하고. 밥 꼭꼭 씹어서 천천히 먹고…….

사랑하는 사람을 향한 유치한 잔소리가 모두 당신과 더 행복하게 살고 싶기 때문임을 알 것이다. 사랑 앞에선 한없이 무릎 꿇게 되는 당신이 근사하다.

정치적으로 급진, 과격한 브레히트에게도 '사랑하여 살아남는 일'이 삶이었고, "난 사랑에 관심 없소"라고 정색하는 듯한 철학자들도 실제 생활에선 사랑하고 사랑받는 일이 늘 관심사였다는 것을 떠올리면 기분이 좋아진다. 사랑교의 교도답게 줄기차게 속삭이는 말들을 다시 또 말해본다.

인생 별거 없어요, 잘 사랑하고 사랑받는 일! 사랑의 과정을 점점 더 좋은 것으로 만들어가기 위해 노력하는 것!

당신에게 이 말들이 가 닿기를 기도하는 것이 오늘 나의 시다.

롤랑 바르트는 『사랑의 단상』에서 이렇게 말한다. "사랑에 대해 쓰고자 하는 것은 언어의 진창과 대결하고자 함이다"라고.

격하게 동의한다. 그럼에도 불구하고 나는 사랑에 대해 쓰고자 하는 마음을 포기한 적이 없다. 사랑을 포기한 적이 없는 것처럼. 이것이 나의 유일한 자랑이다.

문학이란, 특히나 시란 필연적으로 실패의 기록이다. 그것은 사랑에 있어서 거의 절망적으로, 절망이 거의 환희롭게 실패한다. 언어로 사랑의 황홀을, 그 미열을, 그 폭풍을 섬세하게 담아내기란 어려운 일이지만, 실패를 두려워하지 않아도 됨을 매번 독려하는 힘 또한 사랑 안에서 나온다.

당신의 눈빛이 스치고 나면 한번 눈을 감고 뜰 때마다 달라지는 세계, 그것이 사랑의 한 단면이다. 사랑은 끊임없이 허기를 몰고 오며 말로 할 수 없는 섬세한 지층들을 우리들의 몸에 아로새기기 시작한다. 가장 음란한 몸이 가장 아름다워질 수 있는 것도 사랑의 힘 앞에서만 가능한 일이다.

열정이 샘솟는 몸은 눈부시다. 세계에 동화되고 우주에 동화되는 가장 확실한 길은 사랑이다. 낭패가 크고 깊을지라도, 시도하는 것이 언제나 남는 장사인 것이 또한 사랑이다. 치명적인

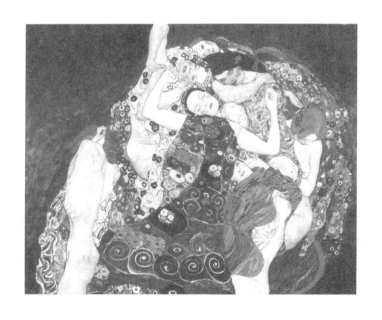

인생 별거 없어요, 잘 사랑하고 사랑받는 일!
사랑의 과정을 점점 더 좋은 것으로
만들어가기 위해 노력하는 것!

상실감을 경험할 위험이 언제나 아주 높은 확률로 존재한다고 하더라도, 불 짐을 지고 뛰어드는 나방처럼 나아가는 것이 사랑이다. 그쪽이 언제나 더 많은 것을 낳는다. 가장 순결한 유미주의는 죽을 것처럼 사랑하는 일이다.

사랑이라는 불가사의한 섬에 좌초된 당신이 보인다.

좌초한 당신만큼은 진짜인 사람이다.

정염
이후

낮달이 지는 것을 바라보다가, 중세 가장 파격적인 로맨스이자 스캔들로 회자되는 아벨라르와 엘로이즈가 떠올랐다. 한 하늘 속에 해와 달이 함께, 그러나 만날 수는 없게 흘러가고 있어서 였을 것이다.

젊은 나이에 일찌감치 주목받은 논쟁적인 철학자이자 성직 자였던 피에르 아벨라르. 평생 공부만 알던 그가 30대 중반에 이르러 스무 살이나 차이 나는 엘로이즈에게 반해 열렬한 사랑에 빠졌을 때, 이 사랑의 시작은 분명 아벨라르의 주도하에 이루어졌을 것이다. 그가 엘로이즈에게 유혹의 자세를 보이지 않았다면 엘로이즈가 먼저 아벨라르를 유혹했을 가능성은 거의 없어 보인다. 영민하고 아름다운 엘로이즈는 아벨라르를 존경했지만, 아벨라르에게서 '연인'이나 '남자'를 발견하지 않고도 충분히 행복한 사람이었다. 그러나 아벨라르는 위험한 유혹을 시작했고, 엘로이즈는 이 유혹을 강력한 사랑으로 체질 전환시킨다. 엘로이즈의 임신, 친척들의 강요로 이루어진 비밀 결혼식, 엘로이즈의 수녀회 입회, 아벨라르의 거세 등 파란을 거쳐 수녀원장이 된 엘로이즈. 그들이 남긴 고백록과 주고받은 편지들엔 파격이 넘쳐난다.

"우리는 공부 시간 내내 사랑의 시간을 보냈다네. 사랑하는 사람들이 조용한 장소를 원할 때, 우리는 공부를 한다는 이유로 별실로 조용히 물러나기만 하면 되었네. 책은 펼쳐져 있었지만 철학 공부보다는 사랑에 관한 질문과 대답이 줄기차게 오갔으며, 학문에 관한 말보다는 입맞춤이 더 많았네."

성직자가 털어놓을 수 있는 도덕의 한계가 아벨라르에겐 적용되지 않았다. 아벨라르가 엘로이즈에게 바친 사랑의 노래들은 사람들에게 회자되며 사랑에 빠진 이들을 응원한다. "육체적으로 떨어져 있는 것은 우리의 영혼을 더욱 강하게 결속시켰고, 우리의 사랑은 이루어질 가능성이 없을수록 더욱 강하게 타올랐네"라고.

엘로이즈는 임신을 기뻐하면서도 결혼은 거부하는 독특한 면모를 보이는데, 내가 매우 흥미롭게 생각하는 부분이다. 물론 아벨라르의 장래를 배려하는 마음이 있었겠지만, 그것만이 그녀가 결혼을 거부한 이유는 아닐 거라는 느낌이 남는다. 뭐랄까, 중세의 여자 엘로이즈 속에 존재하는 매우 현대적인 특질이라고 할, 시대를 앞서간 엘로이즈만의 특이성이 그 속엔 있는 듯하다. 엘로이즈는 아내라고 불리기보다는 연인으로 불리길 원했고, 결혼이라는 족쇄가 강제로 둘을 붙들어 매는 게 아니라 오직 애정으로만 둘이 묶이는 관계를 원한다. 애정으로만 서로 속박된다는 게 얼마나 좋으며 명예로운지, 엘로이즈는 한결같이 주장한다. 결혼보다 사랑을, 강제보다 자유를 말이다.

엘로이즈는 말한다. "아내라는 이름이 당신에겐 좀 더 신성하고 명예롭게 보일지라도, 제겐 연인이라는 명칭이나 정부나 창녀라고 불리는 게 언제나 더 황홀했습니다. 제가 당신 때문에 낮아지면 낮아질수록 저는 당신 곁에 있는 은총을 더 많이 받고 싶었습니다."

이토록 당혹스러운 고백이라니. 종교적 구속력이 컸던 12세기 초에 수녀원장으로 살았던 여자 엘로이즈는 사랑과 결혼에 관한 당대의 통념에 균열을 낸다.

"젊고 생기발랄한 나이였던 내가 나 스스로를 음울한 수녀원 생활로 끌어들인 것은 깊은 신앙심이 아니라 오직 당신의 명령 때문이었습니다."

"내 마음은 나의 것이 아니었고 당신 곁에 있었습니다. 그리고 내 마음이 당신 곁에 없다면 그 어디에도 없는 것이 됩니다. 당신이 없으면 내 마음은 있을 수 없기 때문입니다."

1년여의 짧은 연애와 강제적 결혼, 이후 20년 이상 이어진 긴 이별과 고통의 시간 동안 엘로이즈가 원한 것은 오직 사랑이었다. 처음에 엘로이즈는 유혹당한 자였지만, 엘로이즈 스스로의 힘으로 사랑의 주체가 된다. 유혹당한 자의 수동성만으로는 평생에 걸쳐 저토록 지독한 사랑의 열정을 유지할 수 없었을 것이다. 자신의 격정에 솔직하고 담대하게 반응해가는 엘로이즈와, 아벨라르가 일궈놓은 파라클레를 제대로 된 수도원으로 성장시킨 영민하고 헌신적인 수녀원장 엘로이즈의 능력은 한 뿌리에서 나온다.

많은 사람들이 엘로이즈와 아벨라르에게서 사랑의 종교적 승화를 읽고 싶어하지만, 나는 이들에게서 오히려 강렬한 정염의 힘을 느낀다. 평생 여자를 모르고 살던 아벨라르의 가슴에 피어오른 엘로이즈를 향한 사랑의 불꽃은 정염이었다. 육체의 관능이 막 꽃 피기 시작한 17세의 엘로이즈가 지성을 완벽하게 겸비한 건장한 30대 스승의 육체를 만났을 때, 그녀 역시 황홀한 정염을 경험했을 것이다. 정염, 이것은 낭만적인 사랑과는 다르다. 구체적인 몸의 열망인 정염을 생의 에너지로 끌어안고 일정한 순도의 사랑을 평생 유지시킨 진정한 공헌자는 누구일

여기에 날 가둔다면
나는 여기를 나를 위한
사랑의 정원으로 가꾸겠다!

까? 그들이 정염의 정점에서 이별한 자들로 견뎌야 했기에 그런 관계가 가능했을지도 모른다.

매우 육체적인 정염의 에너지를 그와는 정반대의 종교적 거주지를 가꾸는 일에 투영한 중세의 커플. 이 덧없이 쓸쓸한 정염이 도달한 곳에 사랑의 승자로 엘로이즈가 서 있다는 생각이 든다. 아벨라르와의 순도 높은 사랑의 감정을 충만히 누리고, 짧은 시간 누린 정염의 뜨거움을 평생 지속하며 살 수 있는 환경을 스스로 만들어낸 특별한 사랑의 능력자. 나는 그녀가 수녀원장으로서의 자기 역할을 사랑했다는 느낌이 든다.

중세 시절 여성에게 허락된 사회적 성취란 얼마나 뻔한 것이었나. 좋은 가문에 시집가 귀부인으로 사는 것 외에 영민한 귀족 처녀들이 자신의 지적 능력이나 육체적 관능성을 꽃피울 수 있는 기회가 거의 없었던 시절이었으므로, 중세의 수녀원은 성속을 가로지르며 아주 많은 이야기들을 만들어낸다. 엘로이즈가 아벨라르와의 파격적인 로맨스의 불꽃을 스스로 당긴 이면에는 지루한 중세의 규범에 대한 본능적인 일탈 욕구가 있었을 수도 있다.

불꽃같은 로맨스를 거쳐 한 남자의 삶에 귀속되기를 거부하고 여자들의 공동체인 수녀원 가꾸는 일을 자신의 사회적 역할로 선택한 여자 엘로이즈. 그녀가 수녀원에 발 들인 것은 유폐의 형식이었지만, 그마저도 능동적으로 전환시켜낸 기이하고도 강렬한 엘로이즈식 정염의 힘을 느낀다. 여기에 날 가둔다면 나는 여기를 나를 위한 사랑의 정원으로 가꾸겠다! 넘치게 야성적인 이런 힘이 엘로이즈에게는 충만하다.

분명한 것은, 어떤 영원성도 몸의 기억을 가지고서라야 성립된다는 것. 생명감 충만한 야성의 사랑은 끝내 자신을 지킨다는 것.

주름 위에 주름이 겹쳐지면서
아하, 저 물소리
내 몸에서 나던 바로 그 소리

나 그대에게 기울어가는 것은
뼛속까지 몽땅 휘어지는 일이었네

- 「여울목」 中, 『내 혀가 입 속에 갇혀 있길 거부한다면』

다정한 쾌락과
차가운 쾌락 사이

흔히 방종한 쾌락주의 철학자로 오해되는 에피쿠로스가 말하는
쾌락은 "몸의 고통이나 마음의 혼란으로부터의 자유"다. 정신
과 육체를 분리 사유하지 않은 이 영민한 철학자는 고통으로부
터 벗어난 행복을 막연히 저 어딘가 바깥에서 구하는 것이 아니
라 '지금 여기, 나'로부터 구현해야 함을 알고 있었고, 그가 자
유라 명명한 '누려 마땅한 행복'은 사랑의 다른 이름이기도 했
다. 혼란과 고통이 아닌 평심의 쾌락함과 다정한 몸의 조화, 이
런 상태라면 우리는 어떤 금기에도 구속됨 없이 우애라 할 만한
사랑의 유대를 창조할 수 있게 된다.

마음은 마음대로 되지 않는다. 마음이 표현되는 통로는 몸이

다. 눈빛, 손짓, 귀 기울여 듣기, 사랑한다고 말하고 싶은 입술, 수줍은 이마, 포옹, 살 내음, 키스, 섹스……. 내 마음을 표현할 수 있는 것은 몸을 통해서이고, 몸으로 보여진 것이 마음이다. 내 마음을 다 표현하기엔 늘 부족하다고? 그렇게 느끼는 당신은 행복한 사람이다. 그래도 너무 염려 마시길. 사랑하는 사람들은 안다. 서로의 온몸이 사랑의 언어임을. 꼭 잡은 손을 통해 건너오는 마음을, 이 사랑의 마음을 다 전달하지 못할까 봐 안타까워하는 그 마음까지 온몸으로 다 표현된다. 그러니 마음이 곧 몸이다. 사랑의 관계에선 특히 그렇다.

깊이 사랑하는 두 사람이 손을 꼭 잡을 때, 손잡고 있는 그 순간 서로에게 전해지는 호흡과 몰입만으로도 좋은 섹스를 통해 도달할 수 있는 깊은 교감을 다 이루기도 한다. 이런 접촉이 가능한 놀라운 관계가 사랑이다. 오랜 시간성을 통과하며 서로에 대한 신뢰와 사랑을 갱신해온 사랑꾼 커플들이라면 더욱 근사하게 이런 순간들을 일상에서 누릴 것이다. 일탈이 아니라 일상에서 황홀한 몰입을 창조할 수 있을 때 사랑은 더욱 빛나게 스스로를 갱신한다.

사랑하는 마음들이 만나 이루는 섹스는 차가운 쾌락이 아니다. 애초에 쾌감이라는 분명한 목적을 가진, 이를테면 원 나잇 스탠드 형 섹스는 비교적 질 높은 쾌감을 경험한다 하더라도 어쩔 수 없이 차가운 쾌락이다. 쾌감의 목적에 구속된 쾌락, 에피쿠로스 식으로 말한다면 그것은 진정한 쾌락도 자유도 아니다. 자신의 쾌감을 위해 상대가 필요할 뿐인 섹스는 정서적 온도가 높을 수 없다. 성적 쾌감의 차가운 교환 관계는 사랑과도 자유와도 무관하다. 그것은 그냥 쾌감의 교환이고, 그런 교환 관계의 남용은 개인의 자존감을 황폐하게 하기 쉽다.

좋은 사랑을 하면 심신이 건강해진다. 사랑은 생기이기 때문이다. 성 에너지는 인간이 분출하는 모든 에너지들 중 가장 역동적이다. 섹스는 신체의 감각을 완전히 열어 타인의 에너지와 내 몸의 에너지가 교감하는 사건이다. 마음과 몸이 함께 집중해야 질 높은 섹스가 가능하다. 서로에게 접속하는 에너지는 신중하고 평화로워야 하고, 몸은 스스로 열려야 한다. 마음이 열리지 않으면 몸이 완전히 열리지 않고, 몸이 다 열리지 않은 상태에서 강제로 접속하려 하면 서로에게 좋지 않다. 마음과 몸이 함께 정성을 다해 움직여야 하는 예민한 사건인 섹스. 찬바람 잘못 맞으면 두통이 생기거나 몸살이 찾아오듯이, 좋지 못한 섹스를 하게 되면 몸이 상한다. 상대를 향해 완벽하게 몸이 열린다는 것은 상대에 대한 신뢰와 사랑이 충만할 때라야 가능하고, 열린 몸으로 서로를 맞이하는 합일의 기쁨, 다정한 쾌락은 따뜻한 생기로 서로의 심신을 고양한다. '무아지경'이라는 말이 가장 어여쁜 형태로 발현되는 지상의 시간. 이것은 쾌감을 얻기

성 에너지는

인간이 분출하는 모든 에너지들 중 가장 역동적이다.

섹스는 신체의 감각을 완전히 열어

타인의 에너지와 내 몸의 에너지가 교감하는 사건이다

위한 목적이 분명한 섹스에서는 결코 경험할 수 없는 신비한 사건이다.

 사랑하는 사람들이 서로의 몸을 통해 나누는 다채롭고 다정한 사랑의 말인 섹스. 몸 전체로 달콤하고 따뜻하고 습윤한 말들을 끊임없이 재잘거리는 시간. 좋은 섹스는 온몸으로 사랑의 언어들이 창조되고 교류되는 건강한 유희의 장이다. 한 팀이 되어 재미난 놀이를 진지하게 함께한 아이들이 결속력이 강해지고 서로에 대한 신뢰가 커지듯이, 섹스도 그렇다. 마치 정성스럽게 모래성 쌓기에 집중하는 아이들처럼. 귓가를 간질이는 바람과 푸른 파도 소리와 모래알의 촉감과 감미로운 짠 내를 풍기는 바다 냄새와 눈부신 햇살을 온몸으로 누리며, 다락방과 창문과 지붕을 상상하면서 성곽을 쌓고 연못 정원을 만들어 연꽃을 띄우고 장미꽃 가득 피어난 아치문을 세우는 아이들. 모래성 쌓기에 몰입하는 아이들은 자기가 상상하는 모든 세계를 모래성 속에 구현한다. 몰입과 집중이 끝난 후 파도가 밀려와 모래성을 흔적 없이 쓸어갈 때 놀이에 흠뻑 빠졌던 아이들은 허탈감을 느낄까? 무너질 줄 알면서 쌓는 게 모래성이다. 파도가 와서 쓸어가는 경험까지를 포함하는 모래성 쌓기 놀이, 모래성의 무너짐은 그다음 모래성 쌓기를 다시 기대하게 한다.
 이 놀이의 끝에는 어른들의 언어로 흔히 오염되는 허탈, 공허, 이런 것이 없다. 몰입해 충만했고, 깊이 교감했고, 이제 놀이가 끝났고, 그것으로 충분한 세계. 한 팀이 되어 맘껏 기쁨을 누렸던 사랑의 주체들이 가만히 몸을 포갠 채 평화로운 휴식에 드는 순간까지도 충만한 유희의 시간이다. 좋은 팀워크로 모래성 쌓기 놀이를 하듯 나눈 좋은 섹스는 나눌수록 서로에 대한 신뢰가 커진다. 나눌수록 그다음 놀이가 기다려진다. 날씨는 매번 달라질 것이고 해변의 상태 역시 매번 다를 것이므로, 모든 모래성 쌓기는 다 다른 놀이이며 단순한 반복은 일어나지 않는다.

　이 따스한 유희의 축제는 성적 쾌감의 극치가 어떻다는 둥, 가학·피학적 쾌감이 어떻다는 둥, 성 충동과 죽음 충동의 연관성이 어떻다는 둥, 섹스는 본질적으로 민주적이지도, 친절하지도 않다는 둥, 잔인함이 있다는 둥, 정복욕과 상대를 모욕하고 싶은 욕망과 관련이 있다는 둥, 멀티 오르가슴이니 지스폿이니 관음충동이니 하는, 일탈적 쾌감을 위해 동원되는 그 모든 포르노적 클리셰들과 아무런 상관이 없다. 섹스 후에 "나, 잘했어? 좋았어?"를 확인하려는 가련한 욕망과도 아무 상관이 없다. 이 축제의 진정한 기쁨은 극점에 달한 오르가슴이 주는 것이 아니라 사랑하는 사람과 함께한 놀이의 기쁨이고, 다정한 팀워크로 더욱 깊어진 신뢰의 기쁨이다. 오르가슴도, 다양한 성감의 풍부한 발현도 모두 이 감미로운 축제의 보너스 같은 선물이지, 목적이 아니다.

섹스는 인간의 감정을 풍요롭게 해주는 질 높은 유희이고, 가장 민주적인 몸의 만남이고, 온몸의 감각을 민감하게 깨우고 북돋우는 종합예술에 가깝다. 신뢰할 수 없는 상대와 한 무대에서 좋은 호흡을 맞출 수 없는 게 당연하다.

다정한 쾌락과 차가운 쾌락 사이, 선택은 물론 당신 몫이다.

다만 한 가지 가장 기본인 원칙, 기분 좋은 섹스를 할 수 없는 상대와는 섹스하지 마라.

포옹한다는 건,
나의 어딘가로
귀향한다는 것

언젠가 이런 기도문을 읽은 적이 있다.

> 하늘에 계신 우리 아버지, 그냥 그곳에 머물러 계시옵소서
> 우리도 헐벗은 땅에 그냥 머물러 살겠나이다
> 이 땅은 때로 이토록 아름다우니

첫 행을 읽으면서 나는 풋! 웃었을 것이다. 둘째 행을 읽으면서는 갑자기 가슴이 먹먹해지고, 셋째 행을 읽으면서는 코끝이 쨍 하니 시큰했을 것이다. 기억을 더듬어 찾아보니 자크 프레베르의 시 「주기도문」의 앞머리였다.

'프레베르답군!' 나는 미소 지었다.

서울의 밤 풍경에 복잡 미묘한 뉘앙스를 더하는 빼곡한 십자
가들을 볼 때면 마음이 답답해지곤 한다. 저 많은 교회를 드나
드는 무수한 사람들이 날마다 무언가 이루어지게 해달라고 소
원을 빌 텐데, 기도하는 사람이나 듣는 대상이나 우리는 모두
힘들고 아프구나, 싶을 때가 있다. 기도들에 일일이 응답하자면
하느님께선 얼마나 피곤하실까, 싶은 생각이 들 때도 있다. 그
래서 가끔 종교 생활을 하는 친구들과 이런 농담을 나눈다. "무
엇 무엇을 이루어주세요, 도와주세요라는 기도를 좀 바꾸어보
면 어때? 너무 과중한 노동으로 하느님께서 일찍 지치고 노쇠
하셔서 지구의 일에서 그만 손 떼고 싶어하시면 어쩌나." 뭐,
이런 농담들.

대신 이런 기도들이 많아지면 좋지 않을까? "제가 무엇 무엇
을 최선을 다해서 한번 해볼게요. 하느님은 바이올린을 좀 켜주
세요"라든가, "그 마을의 헐벗은 친구들은 제가 최선을 다해 도
울게요. 염려 놓으시고 하느님은 좀 쉬세요"같은 기도들.

어느 도시나 변두리 빈민가의 풍경은 스산하다. 그 헐벗음 속
에서도 이 땅이 아름다울 수 있다면, 이유는 오직 하나, 사랑하
고 있을 때일 것이다. 도시의 활력은 사랑으로부터, 그것도 고
상 떠는 플라토닉한 사랑으로부터가 아니라 몸과 몸이 만드는

체온의 교감으로부터 온다. 우리는 때로, 아니, 너무도 종종 춥디추운 존재들이니까. 하느님의 태양이 우리 쪽을 비추지 않는다는 생각이 들 때가 서글픈 끼니처럼 들이닥칠 때, 우리는 누군가를 껴안고 싶어한다. 곰 인형이나 베개를 껴안고 울거나, 잘 모르는 당신을 두 팔로 커다랗게 껴안고 울먹이거나, 자신의 무릎을 껴안고 우는 사람들. 다시 새날이 와서 어두웠던 날 동안 무엇인가 껴안고 울었다는 사실을 살짝 부끄러워하게 되더라도, 그 '껴안음'은 우리를 안고 음지를 건네주는 고마운 뗏목 같은 것.

포옹한다는 건 나의 어딘가로 귀향한다는 느낌이 강하게 든다. 그 귀향의 느낌은 어머니 품에 안겨 있는 유아기의 기억에 이어져 있기도 하고, 나를 뱃속에 품은 어머니의 몸속과 연결되어 있기도 한 것 같다. 둥그렇게 나를 껴안고 있던 어머니 뱃속의 느낌……. 찰랑이는 양수의 부드러운 촉감……. 세상에 태어나기 전 어머니의 몸이 나를 껴안고 있던 따뜻하고 평화로운 자궁 속의 기억이 우리에게 '포옹'을 향수하게 하는 것 같다.

하여 당신이 나를 껴안을 때, 그것은 당신이 내게 어머니가 되어주는 그리운 느낌을 함께 파생시키는지도 모른다. 에로스와 아가페가 조화되어 있는 느낌. 근친적이면서 유아기적인 시간 여행이 그 순간 함께 진행되는 것 같다.

스킨십은 몸으로 마음을 쓰다듬는 일이다. 사랑하는 사람들은 더 많이 서로 만져주어야 한다. 스킨십을 더 많이 할수록 더 행복해질 가능성이 높아진다. 전혀 모르는 사람들끼리 스킨십을 하지 않듯이, 스킨십은 친밀한 관계를 얼마나 잘 유지하며 살고 있는지의 바로미터이기도 하다.

스킨십이 사람과 사람 사이에서만 일어나는 건 아니다. 강아지, 고양이, 키우는 화초, 산책길에 자주 눈길 주게 되는 나무, 눈여겨본 바위나 자주 가서 앉게 되는 벤치, 세상 모든 것들과 스킨십할 수 있다. 스킨십은 일방적인 터치가 아니라, 소통의 다정함을 가진 만짐이다. 상대가 사람이든 동물이나 식물이든 육체와 마음이 함께 고양되는 스킨십이 필요하다. 정성을 다하는 다정한 만짐, 몸을 통해 마음이 전달되고 그로 인해 내가 당신에게 전달되고 있음이 확실히 느껴지는 순간들의 황홀. 일상에 아름다운 광휘의 순간들을 만드는 스킨십의 마법을 더 자주 향유하기를!

아주 친밀한 스킨십은 특정 상대에게만 허락되지만, 포옹과 악수는 특별한 친밀도와 별개로 타인과 접촉하는 퍽 괜찮은 사회적 스킨십이다. 손을 잡고 눈을 마주치는 악수가 좋다. 크고 작은 생의 상처들을 견디며 살아가고 있는 사람들의 손의 느낌. 어떤 손은 몹시 거칠어 마음 뭉클하기도 하고, 어떤 손은 너무 가냘프거나 차가워서 마음이 슬퍼지기도 하지만, 손을 잡고 인사를 나누는 짧은 시간 동안 우리 모두 외로운 존재들인 걸 느끼곤 한다. 그럴 때 마음속으로 속삭인다. "힘내요"라고.

몸과 몸이 접촉할 때면 마음으로 하는 말이 더 잘 들리는 느낌이 든다. 그래서 나는 포옹을 좋아한다. 누군가를 포옹한 채 "힘내리"라고 마음으로 말하는 것이 좋다. 내가 사랑하는 당신이 나를 포옹한 채 "힘내요"라고 마음으로 말할 때 당신의 가슴으로 직접 울리는 목소리를 듣는 일을 내가 좋아하는 것처럼. 나도 다른 누군가에게 가슴으로 울리는 목소리를 들려주고 싶어진다.

청춘의 시기에 외로움과 사귀면서 얻은 습관들인 악수와 포옹. 그것이 외로움과 잘 사귀기 위한 일종의 면역 강화 훈련이란 걸 퍽 나중에야 알게 되었다. 다른 누군가에게 힘내라고 말할 때, 그것이 곧 내게 하는 말이기도 하다는 것도.

크리스마스이브다.

오늘은 할 일이 너무 많아 녹초가 된 하느님을 포옹해서 잠재워야 할까 보다. 세상이 불행할수록 할 일은 많고, 일하면 일할수록 쓸쓸하고 외로운 우리들 속의 하느님. 당신 속의 하느님. 힘내요…… 토닥토닥.

두 세계의 끝이며 시작인, 모서리를 통해
한 여자가 걸어 나왔다 다래순 냄새가 났다 (...)

들어왔지만 들어온 게 아닌, 마주보고 있지만
비껴가는 슬픈 체위를 버려 (...)

모든 시공이 얽혀있는, 단 하나의 모서리로 그녀가 돌아간 뒤,
자궁에서 빠져나올 때 맡았던 바닷물 냄새가 난다고 생각하며
나는 천천히 잠에서 깨어났다

- 「산청여인숙」나, 『내 혀가 입 속에 갇혀 있길 거부한다면』

사랑은
생명 이전이고

바람이 거센 날이다. 환기를 위해 조금씩 열어두는 베란다 유리창이 덜컹거린다. 창문을 마저 닫으러 일어났다가 차가운 알루미늄 섀시에 손바닥을 댄 채 가만히 서 있었다. 이제 막 내려앉기 시작한 밤하늘에 초승달이 돋고 있었다. 날카로운 것에 찔려 막 벌어지기 시작한 살갗처럼, 푸른 초저녁 밤하늘에 난데없이 생긴 상처처럼. 그 순간, 갑자기 눈물이 글썽해지고 말았다.

당신은 지금 내가 사랑한 먼 섬에서 홀로 등대를 바라보고 있을 것이다. 당신은 말하곤 한다. "당신이 사랑한 것들을 나도 모두 사랑해요. 당신이 사랑했던 곳들에 나도 가 있고 싶어요." 나는 당신을 말리지 못한다. 원하므로 당신은 어디든 갈 것이다. 원하므로 내가 어디든 가고 오듯이. 그곳이 어디든, 얼마나 오래이든, 당신이 원하는 것을 응원하고 도우려는 것이 나의 사랑이다.

밤 깊도록 바람이 뒤척인다. 별들이 유난히 많이 부딪히는 밤이다. 별들의 파열음과 달빛을 구분할 수 있을지 집중하며 다시 창가에 서 있었다. 창에 머물다 간 아주 많은 바람의 사연들, 그 속에 섞여 있는 기다리던 안부들. 당신에게 이메일을 쓰려고 컴퓨터를 켠다. 이런 밤에 어울리는, 사랑에 관한 짧고도 완벽한 시, 에밀리 디킨슨의 시가 떠올랐기 때문이다.

사랑은 생명 이전이고

－에밀리 디킨슨

사랑은―생명 이전이고
죽음―이후이며―
천지창조의 근원이고
지구의 해석자―

나는 에밀리 디킨슨의 사랑관에 전적으로 동의한다. 마지막에 딱 한 행을 덧붙인다면 이렇게 쓰겠지. "진화의 동력―"이라고.

그렇지 않니? 사람이 사는 이유는 사랑하기 위해서야. 더 잘

사랑하기 위해서 우리에겐 늘 공부가 필요한 거고, 사랑의 훈련
이 필요한 거고.

「영혼은 자기 사람을 고르곤」이라는 시에서 에밀리는 이렇게
말한다.
"영혼은 자기 사람을 고르곤― / 그리곤―문을 닫죠―/
(…) 전 알았죠 영혼이―많고 많은 사람 중에서― / 하나만 고
르곤― / 그리곤― 관심의 판막을 닫아버리죠― /돌처럼―"
이라고.

정말로 이런 걸까?
진화의 동력이 사랑일 것이라고 말해놓은 다음일지라도, 물
음표 붙이길 좋아하는 나는 이런 순수, 이 당혹스러운 순진을
향해 고개를 갸우뚱한다. 많고 많은 사람 중에서 하나만 고르
곤 관심의 판막을 닫아버리는 이것이 사랑일지 어떤지 되물어
보는 일은 다음으로 미루어도 되겠다. 어떻든 이런 순간은 오니
까. 많고 많은 사람 중에 왜 하필 당신이 내 마음속에 들어왔는
지 그것을 논리적으로 도무지 설명할 수는 없는 일이니까. 영혼
의 일이라고밖에는.

에밀리 디킨슨의 시는 당대를 풍미한 낭만적 시풍이나 리듬

과는 의도적이라 할 만큼 동떨어져 있다. 당대의 어떤 비평 관습에도 맞지 않고 주목받지도 못했다. 기묘하게 리듬을 끊어버리는 한편 절룩거리듯, 그러나 면밀하게 시의 호흡을 이어가는 에밀리의 언어는 한 절벽에서 다른 절벽으로 곧장 점프한다. 날렵한 고양이처럼. 월든 호수의 소로처럼 살고 싶어한 에밀리. 당대에 유행한 이념과 관행을 무시하거나 초월하며 스스로를 즐겁게 유폐시킨 오두막의 에밀리를 나는 사랑한다. 고적한 호숫가에 핀 아침 은방울꽃 같은 사람.

"당신도 분명 에밀리를 좋아할 거야." 추신을 쓰면서 훗, 웃는다. 이제부터 에밀리를 공부할 당신이 떠올랐으므로.

> "이 세상에는 사랑밖에 없다는 것, / 사랑에 대해 우리가 아는 것은 그것뿐. / 그러면 됐지. 그런데 화물의 무게는 골고루 / 철길에 나누어져야 하지. // (그걸로 충분하지. 다만 화물의 무게는 골고루 / 철길에 나누어져야 하지.)"

먼 곳의 당신을 응원하면서 에밀리의 시 「이 세상에는 사랑뿐」을 덧붙인다.

여전히 창밖은 바람.

어디선가 은방울꽃 냄새가 난다고 느끼는 시간이다.

떠올린 은방울꽃의 모양새가 그대로 은방울꽃의 향기로 착

란되는 밤.

향기를 맡기엔 거리가 너무 멀지라도 '보았다'는 것만으로 '향기를 맡게 하는' 기묘한 제3의 감각이 살아나는 밤이다.

철길 위의 화물인 사랑. 실은 이 화물을 운반하기 위해 철길이 놓인 것인지도 모른다.

당신도 짐작하듯이, 이것은 사랑의 감각이다.

사랑,
그 특별한 끌림

사랑의 포로

-릴케

내 눈빛을 꺼내주세요.

그래도 당신을 볼 수 있습니다.

내 귀를 막아주세요.

그래도 당신의 말을 들을 수 있습니다.

걷지 않고서 당신에게 갈 수 있습니다.

입 없이도 당신에게 약속할 수 있습니다.

내 팔을 당신 손으로 꺾어주세요.

그래도 내 가슴으로 당신을 잡을 수 있습니다.

내 심장도 꺼내 도려내주세요.

그래도 내 뇌는 당신을 향해 뛰놉니다.

당신이 내 뇌 속에 불을 놓으신다면

내 핏속으로 당신을 실어 나를 것입니다.

사랑이 사랑을 단박에 알아보는 때가 언제일까? 별 볼일 없이 평범하고 가진 것 없지만 줄 것은 많은 때가 온다면 그때가 아닐까. 가난한데 줄 것이 많아지다니! 주면 줄수록 자꾸 주고 싶은 것이 생겨나는 때. 그것은 사랑의 시간.

누군가 특별해지는 순간, 오직 그 사람만이 유의미해지는 화학적 마법이 일어난다. 오르테가 이 가세트가 "정상적인 사람에게 일어나는 비정상적인 주목의 상태"라고 말하는 바로 그런 순간. 사랑에 빠진 이가 "당신은 나의 태양"이라고 읊조리는 일은 자연스럽다. 모든 것이 '사랑하는 그 사람'을 중심으로 돌기 시작하는 이 특별한 끌림은 도대체 어디서 기원하는 걸까?

특별한 끌림에 대해 현대의 과학자들은 도파민이라는 호르몬 작용을 주로 말한다. 발정기에 들어선 암컷 들쥐가 한 수컷에게 특별한 애정을 보였는데, 인간이 이런 집중과 끌림을 일으킬 때도 뇌의 한 부분인 세포핵의 도파민이 50퍼센트 증가했다고 한다. 과학자들이 이 암컷 들쥐 뇌의 특정 부위에 도파민 수치를 낮추는 물질을 주입하자, 암컷은 더 이상 그 들쥐를 다른 수컷 이상으로 좋아하지 않았다고. 그러다가 다시 암컷에게 뇌의 도파민 수치를 높이는 물질을 주입하자, 그 순간 자기 앞에 있던 다른 수컷을 선호하기 시작했다고. 그 수컷과는 한 번도 짝짓기를 한 적이 없는데도 말이다.

맙소사, 이 실험의 경과를 놓고 본다면, 큐피드의 화살이란 결국 도파민이라는 뇌 속의 호르몬에 다름 아니라는 얘기가 된다. 사랑에 관한 특별한 운명을 믿고 있는 이들이라면 뭔가 허탈한 느낌을 가지게 될 것이다. 사랑의 화살이 고작 도파민이라는 물질에 의해 좌우되는 것이었단 말인가, 라고.

하지만 이런 실험에서 내 흥미를 끄는 것은 어쨌거나 우리가 '특별한 끌림'을 경험한다는 것이다. 도파민이 사랑의 감정에 영향을 미친다는 사실 때문에 사랑의 경이로움이 훼손되지는 않는다. 무어라 이름 붙이건 간에 사랑의 감정에 영향을 미치는 호르몬이 우리 몸에 존재하는데, 그 물질이 도대체 어떤 방식으로 왜 생성되는지는 여전히 미지다. 도파민 외에도 노르에피네프린, 세로토닌 등 뇌 속의 아주 많은 다양한 화학물질과 테스토스테론, 옥시토신, 바소프레신 등등 수많은 자연적 화학물질 및 호르몬이 사랑의 촉매 혹은 사랑의 자극에 작용하고 있을 것이라고 과학자들은 추정한다. 그리고 그 모든 추정과 연구 끝에 남는 질문은 여전하다. 작용은 있으나 그것들이 어떻게 왜 생기는지를 낱낱이 밝혀내는 것은 결국 불가능하다는 것.

사랑을 통해 우리는
서로에게 힘이 되어줄 수 있는
저마다의 강점을 확인할 수 있고,
사랑을 통해 사람을 기를 수 있다.

이토록 섬세하고 풍요한 화학작용의 경로가 결국은 신비라는 것이 나를 흥분시킨다. 아마도 이 비밀의 정원 마지막 출입구에 걸릴 문패는 미지가 아니라 불가지일 것이다. 오래된 미래의 신비, 겸허한 불가지의 세계를 나는 사랑한다.

그리고 무엇보다 중요한 것은, 이 모든 호르몬의 화학작용은 단지 큐피드의 활시위를 당기는 데 일정한 도움을 줄 뿐이라는 거다. 호르몬은 반응을 유도하고 반응 속도에 관여하는 생체 촉매다. 촉매의 기폭 작용을 어느 수준에서 받아들여 실제 반응할지는 저마다 다른 몸의 결정에 달렸다. 화살에 맞은 이가 사랑을 지속하는 것, 사랑을 가꾸고 보살피는 것, 사랑의 역사를 능동적 주체로 향유하는 과정은 호르몬과 상관없이 이루어지는 선택과 행위의 역사라는 것. 그것은 이를테면 사랑의 의지. 사랑이 정말로 신비해지는 것은 그때부터다.

특별한 끌림이라는 마음의 움직임.

가만히 들여다보면, 관심을 가지고 사랑의 마음을 가지게 되는 특별한 끌림의 대상들이 아주 뜬금없이 우리에게 오는 것은 아닌 듯도 하다. 사랑을 통해 우리는 기댈 수 있는 사람, 이를테면 '서로 기대기'가 가능한 사람을 찾는 경향이 있는 것 같다. 내게 없는 부분을 가진 이들과 더 급속히 친해지는 경우도 어쩌면, 서로의 욕망을 충족시킬 수 있는 대상이기 때문일 수도 있다. 사랑을 통해 우리는 서로에게 힘이 되어줄 수 있는 저마다의 강점을 확인할 수 있고, 사랑을 통해 사람을 기를 수 있다.

각자의 욕망이 구현된 상대방으로서의 기준에 맞지 않는 사람을 사랑하게 되었다면 거기에도 나름의 이유가 있을 것이다. 사람 사이의 끌림이란 전방위적으로 일어나는 현상이다. 마음의 끌림, 육체의 끌림, 영혼의 끌림이 제각각의 리듬 속에서 진행되기도 한다. 이토록 복잡한 모든 끌림들을 경험한 끝에 '여전히 당신을 사랑한다'는 사랑의 역사가 갱신되는 시간성. 긴 시간을 통과해 살아남고 더욱 강해지는 사랑 앞에서 호르몬 결정론은 너무나 얄팍하고 근시안적이지 않은가.

결혼,
결혼, 결혼……
그놈의 결혼

"나는 결혼에 매력을 느끼지 않아요."

결혼 안 하느냐는 압박을 받던 20, 30대 시절, 귀찮아도 꼬박
꼬박 답해줬다. 세상 모든 사람이 결혼해야 마땅하다는 분위기
였기에 더욱, 결혼을 선택하지 않는 사람도 있다는 것을 보여줘
야 한다는 일종의 사명감으로.

"저는 결혼에 매력을 못 느낀다고요!"

그러면 대부분 '젊어서야 아쉬울 것 없으니 저러지, 나이 들
면 언젠가는 하겠지' 하는 표정을 지었다.

결혼은 인생에 매우 큰 영향을 미친다. 중대사이므로 결혼에

관해 많이 사유할 수밖에 없었고, 결국 나는, 나라는 인간이 결혼에 어울리지 않는 유형이라고 스스로를 진단했다. 청춘의 시기에 내 피는 너무 뜨거웠다. 뜨거운 피, 그것은 자유에 대한 거의 결벽증적인 집착이었다. 나는 내가 가진 성향을 바람기라고 진단했고, 그런 나를 있는 그대로 받아들였다. 내게 사랑은 자유와 함께라야 비로소 완전해지는 것이었고, 어떤 상태든 자유가 구속되는 느낌을 참지 못했다.

청춘의 시기 내 연애는 뜨겁고 몰입도 높았지만, 몰입의 힘이 쇠잔해지면 나는 그 관계를 유지할 수 없었다. 사랑이 식었는데 계속 사랑하는 척할 수도 없었고, 사랑하지 않는데 한번 사귀어보는 건 더더욱 할 수 없었다. 사랑이 시작될 때마다 불같이 뜨거웠고, 매번 최선을 다했고, 사랑은 곧 식었고, 식어버린 사랑은 그걸로 끝이었다.

결혼에 대해 누군가 바이블처럼 물으면 이교도의 고해성사처럼 대답했다.

"제 핏속엔 바람기가 너무 많아서 가정을 유지하기가 힘들 거예요. 게다가 전 현모양처가 되고 싶은 욕망도 없고요. 아닌 척해도 우리 사회의 결혼은 여전히 여성에게 현모양처를 원하니, 바람기 많은 나는 그걸 감당할 수도 없고 감당하고 싶지도 않아요. 내가 원하는 인생은 사랑과 자유거든요."

아무튼 내 인생에서 결혼은 선택하지 않겠다고 결정한 후,

자기 생의 중요한 가치를 무엇으로 삼는가에 따라
저마다 다른 선택을 하는 것이고,
자기 선택 안에서 좋은 사랑을 할 수 있으면 되는 것.
그러니 문제는 형식이 아니라 사랑이라는 내용이다.
우리는 더 잘 사랑하기 위해 무엇이든 하는 거니까.

사람들이 미혼이냐고 물으면 비혼이라고 답했다. 그때만 해도 비혼이라는 말이 낯설던 시절이었다. 대부분 비혼을 미혼의 다른 표현이라고 생각했으니.

스스로 진단한 바람기에 입각해 '내 생에 결혼 없음'을 정리한 좀 더 거창한 이유는 이랬다. 결혼 제도는 사랑에 대한 모독이 되기 쉽다는 것. 결혼 제도는 사랑이 식어도 혼인 관계를 유지하며 서로에게 위선적일 수 있는 환경을 만들 가능성이 농후하므로, 사랑을 지키기 위해, 더 잘 사랑하기 위해, 결혼은 매우 위험한 함정이라는 것.

내게 중요한 가치는 '사랑하는 사람들이 어떻게 사랑을 잘 지속시킬 것인가?'이고, 내가 이상적으로 생각한 '지속적 사랑'의 모델은 결혼이라는 제도에 묶이지 않아도 서로를 너무나 사랑하는 상태가 유지되는 것이었다. 혼인 증명 같은 계약 관계 없이, 오직 서로를 사랑해서 함께 있고 싶어야 하고 어떤 강제성 없이 열렬히 서로에게 정성을 다하고 싶은 그런 관계라야 사랑인 거라고. 구속력이 없으니 언제든 헤어질 수 있는데도 헤어지고 싶지 않아서 함께 사는 것과, 결혼했으니 헤어진다는 게 너무 복잡하고 어려운 절차여서 웬만하면 참고 살아보자는 것은 질적으로 너무나 다른 이야기라는 것. 결혼이라는 구속력 혹은 안전장치 없이, 오직 사랑하기 때문에 함께 살고 싶은 마음이 유지될 때에만 사랑의 순수성이 지켜지는 것이라고.

실생활에선 어떻게 실현될까? 결혼 없는 동거가 가능하겠고, 그보다 더 좋은 형태는 각자의 독립적인 집을 유지한 상태로 연애를 지속하는 것이겠다, 싶었다. 며칠, 몇 주에 한 번이건 매일이건 서로의 상황을 고려해 만나서 충만한 데이트를 하거나 장단기 여행을 함께 하지만 주거는 각자 독립적으로 유지하는 형태. 특히나 창조하는 일을 하는 사람에겐 이런 관계가 적합하다고 나는 결론 내렸다.

20년 전 내린 결론은 나에게 여전히 유효한데, 그사이 개인적인 사랑의 역사에도 부침이 있었다. 내가 결혼 제도에 관심 없는 사람임을 이해했거나 심지어 비슷한 결혼관을 가졌던 좋은 파트너들도 결국은 결혼으로 관계를 안착시키고 싶어했다는 것. 결혼이 아니어도 당신을 사랑한다는 것을 왜 100퍼센트 신뢰해주지 않는지 속상한 적도 있었지만, 그 시간들 역시 내겐 일종의 학교였다.

사회적으로는 퍽 큰 변화들이 생겼다. 20년 전 내가 비혼을 생각한 시절에 결혼을 안 할 수도 있다는 것은 청천벽력 불효였고, 그 때문에 부모님과 오랜 신경전을 벌여야 했다. 결혼이 선택일 수도 있다는 생각은 당시의 상식에 어긋난 것이었으므로, 설령 '못하는' 것은 어쩔 수 없어도 '안 하는' 것은 그 개인에게 문제가 있다고 여겨졌다. 결혼이 인간으로서의 의무라느니, 심지어 문학을 하는 여성이니 더욱이 결혼, 임신, 출산, 양육을 해봐야 삶의 진정성을 알게 되고 더욱 감동적인 글을 쓰게 되지 않겠냐는 오만 가지 설교도 넘쳤다.

20년 세월이 흐르는 동안 결혼은 선택이라는 개념이 일반화되고 있는 시점이다. 1인 가구라는 말도 자연스러워졌다. 비혼은 물론 졸혼도 낯선 개념이 아니고, 이혼에 대한 사회적 편견도 많이 사라졌다.

비혼이든 결혼이든 졸혼이든 이혼이든, 자신의 삶의 방식을 선택하는 건 오직 개인의 몫이다. 나는 결혼 제도를 선호하지 않지만 누군가는 결혼을 선호하고, 실제로 결혼 생활을 만족하게 하는 사람도 많다. 자기 생의 중요한 가치를 무엇으로 삼는가에 따라 저마다 다른 선택을 하는 것이고, 자기 선택 안에서 좋은 사랑을 할 수 있으면 되는 것. 그러니 문제는 형식이 아니라 사랑이라는 내용이다. 우리는 더 잘 사랑하기 위해 무엇이든 하는 거니까.

양지바른 공원을 산책하는 중이다.

"초기에 세팅된 관계가 쭉 가니 신혼 초에 꽉 잡아야 한다"며 뒤쪽에서 걷는 두 사람이 이야기를 나누는 게 들린다. 햇살이 좋아서, 꽉 잡는다는 것을 더 많이 사랑하라는 의미로 받아들이기로 한다.

살아보니 분명한 것, 더 많이 사랑하는 쪽이 승자다. 사랑받는 것보다 사랑하는 쪽이 인생에서 언제나 더 많이 배우기 때문이다. 필요한 것은 헤게모니에의 의지가 아니라 더 좋은 사랑을 하겠다는 의지이며, 더 잘 사랑하고 더 많이 자유롭게 하며 더 행복하겠다는 의지일 것이다.

반짝이는 살비늘이 첫눈처럼 몸속으로 떨어졌다
바람의 혀가 아찔한 허리 아래를 지나
깊은 계곡을 핥으며 억새풀 홀씨를 물어 올린다 몸속에서
바람과 관계할 수 있다니!
몸을 눕혀 저마다 다른 체위로 관계하는 겨울풀들
풀뿌리에 매달려 둥지를 튼 벌레집과 햇살과
그 모든 관계하는 것들의 알몸이 바람 속에서 환했다

- 「민둥산」 中, 『도화 아래 잠들다』

'결혼'이라는
말의 의미를
생각하며

산책길에 손을 꼭 잡고 걷는 노인 커플을 볼 때 특별한 감동을 느끼곤 한다. 노인 커플의 경우 부부일 수도 있고 아닐 수도 있는데, 어떤 경우에든 애틋함이 있다.

흔히 은혼식, 금혼식 거친 '노부부'들을 보기 좋은 모습이라 칭송하지만, 나는 그런 부부 인연을 그다지 신뢰하지 않는다. 내 부모님은 60년을 함께 부부로 살고 있지만, 나는 그분들이 적당한 때에 헤어졌어도 괜찮았을 거라고 생각한다. 한 50세쯤에 엄마는 엄마대로, 아빠는 아빠대로 새로운 삶을 살았다면 그들 각자의 인생이 좀 더 풍요로워지지 않았을까 생각하기도 한다. 아무튼 두 분은 여러 고락을 겪으면서 은혼식, 금혼식을 치른 지 한참 지난 지금까지 함께 살고 계시니 자식 된 입장에선 감사하게 여기지만, 사실 두 분이 각자 다른 삶을 살았다고 해도 내가 두 분을 사랑하는 마음은 마찬가지였을 것이다. 그분들이 어떤 삶을 살든 내가 그분들의 딸이라는 사실은 변함이 없으니까.

일생 어느 때보다 요즘 두 분을 보는 게 자주 감동적이다. 이 마음은 그들이 '노부부'이기에 발생하는 감정이 아니라, 우여곡절을 겪으며 함께 늙어 서로의 죽음 가까이에서 서로를 지켜줄 지상의 마지막 반려가 되어 있는 존재들이기 때문이다. 한 개인의 생애에서 죽음을 지켜봐줄, 떠나고—남는—그리고 곧 떠날, 죽음을 함께 경험할 반려자가 된다는 것은 일생의 모든 만남 중 각별히 의미 있는 일이라는 생각을 한다. 서로를 아끼는 마음이 역력한 노인 커플을 볼 때, 이를테면 어떤 숭고한 감정이 작동하는 것도 그런 까닭일 것이다.

언젠가 나는 다음과 같은 이야기를 했다가 친구에게 함구령을 받은 적이 있다. ("이런 생각을 하고 있다는 걸 세상이 알게 되면 넌 마녀사냥 당할 거야." "어, 왜?" "모르겠어, 정말?" "응, 정말." "에고!")

나는 인간이 평생을 살면서 전혀 다른 성향을 가진 파트너를 적어도 세 사람은 경험해보는 게 좋다고 생각해. 전혀 다른 유형의 사람과 사랑에 빠져서 깊은 연애를 10년씩 하는 거지. 10년 정도 한 사람과 충분히 사랑하고 각자에게서 많이 배우고 서로를 응원하고 친밀한 관계를 유지한 채 서로를 축복하며 헤어질 수 있으면 가장 이상적인 것 같아. 한 사람이 한 사람을 만나 영혼의 교감을 이루고 진정으로 서로에게 몰입하며 상호 성장이 가능할 수 있는 기간이 10년 정도인 것 같거든. 그보다 더 길어지면 서로에게 영감이 되는 시간보다 권태와 싸우는 시간이 많아지는 것 같고. 그러니 딱 10년씩 세 번! 서로에게 가장 좋은 친구이자 선생이자 동지가 되어주는 연인관계! 그렇게 30년 정도 산다면 한 인간이 얼마나 다채로운 지성, 감성, 몸의 경험을 하겠니. 안 그래? (헐, 10년이면 차라리 결혼을 해라.) 에이, 결혼, 이혼을 반복하는 건 너무 소모적인 일이지. 너도 이혼하는 과정이 힘들었다며? (하긴, 내용보다 형식이 더 힘들더라. 그렇긴 하지만!) 당대 사회 관습이 세 번 결혼, 이혼을 권장한다거나 한 번 결혼하면 10년 이상 함께 살 수 없음을 법적으로 정해둔다거나 하지 않으면 개인이 제도에 결합되었다가 이탈하는 과정엔 너무 많은 개인적 에너지가 소모돼. 할 일도 많은데 뭣하러 굳이? 사랑에 관련된 개인의 사생활은 가능한 한 법과 멀리 있어야 해. 법이 무슨 자격으로 개인에게 그 사랑 인정한다, 못한다 난리래?

비혼주의자가 아닌 경우 이런 이야기는 세 번 결혼과 이혼을 한 번 결혼하는 셈 치는 걸로 합법화하자는 괴담으로 들린다며 친구는 질색했지만, 정작 내 이야기의 핵심은 그다음에 있었다.

한 인생에서 세 번 정도 깊은 사랑을 나누고 나면 이제 완연한 중년에 접어들잖아. 50대 이후의 연애는 이전과는 매우 달라질 거야. 인생 전체를 통틀어 가장 흥미진진, 기대 만발! (헐, 본격적으로 늙어가는 마당에 기대 만발 연애라니 웬?) 생각해봐. 늙음과 죽음을 함께 경험하는 파트너란 각별할 수밖에 없지 않겠니. 젊고 예쁠 때 당신이 세상에서 제일 아름답다고 고백하는 것과, 주름 잡힌 늙은 얼굴을 쓰다듬으며 당신이 세상에서 제일 아름답다고 진심으로 고백할 수 있는 마음, 이건 품격이 다른 거라고. (음, 나도 늙어서 그런 고백 듣고 싶긴 하네.) 거봐, 진짜 근사한 사랑의 역사는 그때부터 쓰게 되는 건지도 몰라.

늙음의 시절이 시작되었다는 것은 자기 영혼을 속일 수 없는 때가 도래한다는 거지. 청장년의 시기는 한 인간의 영혼을 제대로 만나기엔 다른 매력적인 것이 너무 많아. 젊은 육체의 매력도 그렇지만 무엇보다 그 시기는 개인의 내면이 계속 변화하는 때니까. 한 인간이 자기 생을 최선을 다해 살아냈는지, 그로 인해 내적 성장을 아름답게 이루었는지를 제대로 알게 되는 것은 육체의 빛이 사그라들기 시작하는 시기인 것 같아. 몸에서 습기가 빠지기 시작할 때 정신의 빛이 도드라지지. 젊음과 육체의 매력으로 정신을 위장할 수 없는 시기가 오는 거야.

태어나 장년까지는 알몸인 아기가 이런저런 옷을 챙겨 입는 과정이었다면, 생에 다시 한 번 알몸인 상태를 겪는 게 50세 정도인 것 같아. 그 사람이 그간 살아낸 생의 과정들이 알몸의 영혼으로 드러나고 그 영혼에 누군가 공명하며 서로를 알아본 사람들이 생의 마지막 사랑을 시작하기 좋은 시절! 모든 겉치레가 사라지고 살아온 삶으로 정직하게 서로를 드러내는 때.

50세를 내가 중요하게 생각하는 이유는 무엇보다 이쯤이면 죽음에 대한 사유가 지적인 것에서 경험적인 것으로 전환되는 때니까. 막연히 남의 일이 아닌 늙고 병들고 죽는 인간의 운명 앞에 정면으로 맞서게 되는 시기잖아. 한 인생은 죽음을 통해 비로소 완성되고, 좋은 죽음을 경험하는 것은 전 생애를 통해 얻을 수 있는 가장 큰 선물이고. 그러니 죽음의 경험을 함께 나눌 수 있는 생의 마지막 동반자, 이 마지막 사랑이 한 개인의 사랑의 역사에서 하이라이트인 것 같아.

생에 마지막 순간까지 자기 영혼의 빛을 꺼트리지 않기 위해 아름답고 우아한 싸움을 계속할 수 있는 인간을 우리는 원하지. 50세 이후는 유한자의 운명과 진짜로 싸워야 하는 때야. 이 진성 전쟁터에 애인이자 동지로 함께하며 서로의 영혼을 응원하고 한 개인의 역사가 마지막까지 아름답게 지켜질 수 있게 힘을 줄 수 있는 그런 사랑. 나는 생에 모든 단계의 사랑을 찬미하지만, 그중 가장 절정의 사랑은 역시 마지막 사랑인 듯해. 열정과 품격 모두를 갖추어야 하는 사랑, 개인의 요구라기보다 진정한 사랑의 요구라고 표현하는 게 더 적합할 사랑의 행위들.

이 마지막 사랑에 이르면 비로소 결혼이라는 말도 괜찮을 것 같아. 제도적 결혼이 아니라, 혼이 맺어진다는 의미에서의 결혼. 생의 마지막 여로에서 서로를 지키며 손을 꼭 잡은 영혼의 유대로서의 結魂.

그대가 밀어올린 꽃줄기 끝에서

그대가 피는 것인데

왜 내가 이다지도 떨리는지

그대가 피어 그대 몸속으로

꽃벌 한 마리 날아든 것인데

왜 내가 이다지도 아득한지

왜 내 몸이 이리도 뜨거운지

그대가 꽃 피는 것이

처음부터 내 일이었다는 듯이.

－「내 몸속에 잠든 이 누구신가」, 『내 몸속에 잠든 이 누구신가』

3장

행복한
사랑꾼으로
거듭나는 방법

모든 사랑은
첫사랑

어느 날 문득, 아주 오래전의 첫사랑으로부터 편지가 온다면?
혹은 전화가 온다면?!

오, 이런! 상상만으로도 마음이 쿵쾅거린다.

내 첫사랑은 열아홉 살 가을부터 시작되었다. 그를 만난 것은
대학 1학년 여름방학부터였지만, 그 여름엔 그가 내 첫사랑이
될 거라고 생각하지 못했다. 고향의 독서 스터디에서 만난 다른
학교 선배였던 그는 열아홉 살의 내 지적 호기심을 자극해주던
명민한 선배였다. 고등학교를 졸업할 때까지 내가 한 번도 접해
본 적 없던 철학, 사회학, 다른 관점의 역사책을 섭렵하던 그때,

그는 내가 궁금해 한 질문에 그럴듯한 대답과 쟁점을 제시하던 똑똑한 선배였을 뿐 별다른 감정을 느끼진 못했다. 방학이 끝나고 서울로, 춘천으로, 저마다의 학교로 돌아간 후, 매주 보던 그를 볼 수 없게 되자 갑자기 미칠 듯이 그가 그리워졌다. 그리고 깨달았다. 첫사랑이 시작되었다!

청춘의 통과제의로서의 첫사랑.

하지만 내 첫사랑은 짝사랑이기도 해서, 그를 오래 마음에 담고 있었을 뿐 그리운 감정이 정점을 지나 스스로 잦아들 때까지 나는 오래 기다렸다. 부풀고 잦아드는 내 마음을 조용히 바라보는 일은 생각보다 힘들었지만, 묘한 쾌감도 있었다. 세상의 아름다운 풍경들을 대면할 때마다 폭풍처럼 고이던 눈물의 절반쯤은 아마도 입 밖에 내지 않기로 작정한 사랑을 품은 자의 비감 때문이었는지도 모른다. 사랑의 아픔을 간직한 열아홉, 스물, 스물한 살 청춘의 배역을 연기하고 있다는 느낌도 간혹 들었다. 비밀을 품고 있는 자의 눈에만 보이는 다른 세상, 그 두근거림이 좋았던 것 같기도 하다. 마음에 품었던 첫사랑의 빛이 스스로 탈색될 때까지 3년이 걸렸고, 그 기간 나에게 사랑을 고백해왔던 사람들은 내 마음의 문에 단 한 발짝도 다가서보지 못한 채 아프게 돌아서야 했다.

3년 동안 마음에 단 한 사람밖에 없었으면서 그 사람에게 단 한 마디 사랑의 언질도 하지 않고 사랑이 스스로 식을 때까지 견뎌버린 참 괴상한 사랑법. 나는 대체 왜 그랬을까? 대학 생활 동안 내가 관여하던 일들이 연애와 병행하기 벅차다는 판단도 있었지만, 무엇보다 그에게 애인이 있다는 얘기를 일찍 들었기 때문이었을 것이다. 나는 그가 맺고 있는 관계에 개입되길 원하지 않으면서 단지 그를 그리워했다. 누군가를 특별하게 좋아하는 마음을 갖게 되면 그 마음을 '사랑'이라는 말로 고백하고, 고백이 받아들여지거나 거절되거나에 따라 연애가 시작되거나 실연의 아픔이 도래하거나 하는 보통의 법칙에서 많이 벗어난 첫사랑이었다.

어쩌면 나는 그때 '말하지 않는 사랑을 간직한 마음의 상태' 자체에 매혹되어 있었는지도 모른다. 때로 가슴 아리지만 마음 속에 차 있는 그리움만으로도 벅차고 따뜻한, 묘하게 충만한 사랑의 느낌이 내가 몰랐던 내 속의 많은 것들을 자극했다. 나는 본능적으로 그 느낌이 나를 성장시키는 쪽으로 작동하고 있다는 것을 알았던 듯하다. 막 싹튼 사랑의 마음을 간직한 사람들이 흔히 그렇듯 내 감정의 결들은 극도로 민감해졌고, 밤과 낮의 모든 시간에 나는 점점 열정적으로 나와 세계에 몰두했다. 탐식하듯 책을 읽고 음악을 듣고 그림을 보며 느낌의 제국을 키워갔고, 생을 걸 만한 가치가 있다고 여긴 학교와 거리의 일에 한층 몰두했다. 그때 나를 이끌어간 지칠 줄 모르는 에너지의 원천엔 비밀 병기처럼 간직한 사랑의 힘이 있었다.

사랑을 이루고 싶다는 열망 없이도 한 사람을 오랜 시간 그리워할 수 있다는 것, 사람의 사랑이 참으로 여러 얼굴을 지녔다는 걸 알게 해준 내 첫사랑은 그렇게 피어올랐다가 긴 시간을 통과해 스스로 잦아들었다.

그 이후 진짜 연애가 시작되었다.

흔히들 첫사랑은 이루어질 수 없다고 한다. 이루지 못한 첫사랑은 사랑의 슬픔과 상처를 가르쳐주므로 지혜의 샘이 된다고도 한다. 왜 사랑을 얻을 수 없는가, 왜 사랑이 이루어지지 않는가를 질풍노도처럼 내달리며 질문하면서 '인생이란 도대체 뭘까?' '인생을 어떻게 살아야 하는가?'라고 스스로에게 진지하게 물어볼 수 있도록 도와주는 것이 바로 '이루어지지 않는 첫사랑'의 소명인지도 모른다. 청춘의 시기, 다른 무엇보다도 사랑의 실패를 통해 우리는 진지하게 인생에 대해 고뇌할 단서를 얻게 되곤 한다. 그리하여 실패한 사랑은 우리 정신의 키를 훌쩍 키워주는 강력한 영양제가 되기도 한다.

1년이나 짝사랑을 하고 있는데 딱히 고백을 하고 싶지도 않고 이 상태 그대로 그냥 좋다는, 그런데 이렇게 긴 짝사랑이 혹시 병적인 건 아닌지 궁금하다는 젊은 벗에게 쓴다. 짝사랑도 괜찮다. 되든 안 되든 고백해버려야 속 시원하고 후회 없다고 짝사랑하는 사람들에게 흔히 충고하지만, 어떤 사랑은 마음에 품고 있는 것만으로 힘이 되기도 한다. 사랑의 마음을 품고 있을 때 그것을 고백하는 게 나은지 아닌지는 오직 스스로 알 뿐이다.

고백을 통한 관계의 형성보다 그 마음의 에너지를 스스로의 성장을 위해 쏟는 것이 더 나은 시기가 인생에는 있다. 고백을 하고 받아들여져 연애를 시작하거나, 받아들여지지 않아 실연의 아픔을 경험하거나 하는 결과론적인 시작과 끝만이 사랑의 의미 있는 경유지가 아니라는 이야기다. 마음에 사랑을 간직한 상태, 무엇이 될지 알 수 없지만 사랑의 에너지가 내 속에 존재하는 바로 그 순간들의 상태성에 좀 더 주목할 필요가 있다. 내가 누군가를 사랑하고 있다는 마음의 에너지가 나를 행복하게 하고 성장시키는 쪽으로 작동하고 있다면, 이루어지건 그렇지 않건 그 사랑은 내게 좋은 사랑이다.

사랑의 감정도 생로병사한다. 사랑의 마음이 생겨나 성장해 가는 과정에서 여러 번 탈피를 하기도 하고 시간이 흐르면서 여러 형태로 병들어 소멸하기도 한다. 서로사랑도 짝사랑도 마찬가지다. 짝사랑이기 때문에 고백하든 접든 서둘러 끝장을 보아야 할 이유는 없다. 사랑 앞에서 조급하지 말자. 그것이 어떤 형태의 사랑이든 사랑이 내 가슴에 뿌리내렸다는 사실이 중요하다. 인생은 길고, 우리가 평생 경험할 사랑의 역사는 생각보다 다채롭다.

내게 좋은 사랑이라면 자연스럽게 어떤 단계의 탈피를 하게 되는 때가 온다. 고백을 하게 되든, 나의 경우처럼 사랑 아닌 감정으로 자연스럽게 전이되어가든. 어떤 경우에도 중요한 점은 사랑을 품고 있을 때 내 감정이 풍부해지고 생의 느낌이 충만해지는가, 하는 것이다. 만약 그렇지 않고 짝사랑하는 자신을 비하하게 되거나 부정적인 감정에 많이 노출되고 생활이 무기력하고 황폐해진다면, 그것은 내게 나쁜 사랑이다. 그 경우라면 고백을 통해 관계를 빨리 전환하거나 끝내는 게 낫다.

즐거워라 거꾸로 가는 생은
예기치 않게 거꾸로 흐르는 스위치백 철로,
객차와 객차 사이에서 느닷없이 눈물이 터져나오는
강릉 가는 기차가 미끄러지며 고갯마루를 한순간 밀어올리네
세상의 아름다운 빛들은 거꾸로 떨어지네

- 「거꾸로 가는 생」中, 『도화 아래 잠들다』

그 정도도
미치지 않고,
사랑이라고?

당신의 전화를 받고야 말았다.

당신은 심상한 목소리로 불빛 얘기를 하기 시작했다. 새로 이사한 동네의 아파트 불빛과 집으로 돌아가기 위해 빠져나가야 하는 긴 지하보도에 대해.

"엊저녁 지하철역에 내려서 지상으로 막 나오는데, 저만치 보이는 아파트 불빛들이 갑자기 너무 따뜻해 보이는 거야."

별처럼 총총히 박혀 있는 수많은 불빛들이 보이자 갑자기 마음이 놓이더라는 당신.

"나만 외로운 게 아닌가 보다, 싶었어……. 그러니까 불빛이, 그렇게도 많이, 불빛이……."

거기까지 말하고 당신은 침묵했다.

당신의 전화를 받지 말았어야 했다고 잠깐 자책했다.

당신과 마지막 대화를 나눈 게 아홉 달 전이다. 그때 나는 전례 없이 단호하게 당신에게 말했다.

"그거, 사랑 아니야. 끝내."

당신은 그게 왜 사랑인지 저녁 내내 이야기했지만, 나는 당신이 듣고 싶어한 말을 결국 해주지 않았다.

"나는 세상의 모든 사랑을 지지하지만, 불륜은 그냥 불륜인 거야. 괜찮은 싱글도, 돌아온 싱글도 많은데 왜 하필 유부남이란 말이니? 먼저 맺은 관계에서 사랑이 식었으면 정리부터 하라고 해. 이별한 다음에 시작해도 늦지 않아."

당신은 운명 같은 사랑이기 때문에 피할 수 없다고 했다.

"네가 말하는 대로 피할 수 없는 운명이고 이번 생의 숙제 같은 사랑이라면, 다 걸어야 해. 너는 다 걸었다고 치자. 그 사람도 다 걸었니? 너에게?"

불륜으로 시작한 만남이 운명적 사랑이 되려면 비범한 도약이 필요하다. 쌓아온 안정적인 모든 것을 내던지고 오직 당신의 손을 꽉 잡고 세상 어떤 풍파도 헤쳐나가겠노라는 의지와 약속과 행동이 모두 필요하다. 극소수이긴 하지만 세상에는 더러 불륜으로 시작한 사랑을 운명적 사랑으로 만드는 사람들이 있다.

그런 사랑은 세상의 비난과 상관없이 오직 사랑의 힘으로 위엄을 갖추게 된다.

"진짜 운명이라면 긴 시간도 필요 없어. 사랑한다고 서로에게 말하기 시작한 지 석 달이면 모든 걸 정리하고 너에게 와야해. 다 내려놓고, 가진 것 모두 주고, 세상 모두의 비난을 무릅쓰고 맨몸으로 오직 사랑만 쫓아서. 위험해서 아름다울 수 있는 사랑이라면 그 정도는 각오해야지. 석 달이 너무 짧다고? 넉넉하게 여섯 달이면 모두 정리되어야 해. 그럴 용기도 없이, 그 정도도 미치지 않고, 사랑이라고? 물어봐. 석 달 안에 다 정리하고 맨몸으로 너에게 올 수 있는지. 그게 가능하다면 사랑이라고 믿을게. 그렇지 않으면 너흰 그냥 다른 몸이 고팠던 거야. 너는 아닐지 몰라도 그 사람은 그런 거야. 지루한 생활에 다른 매혹을 주는 사금파리 같은 반짝임이 필요했던 거야. 찔리면 아픈데 죽지는 않는 사금파리 하나쯤 옆구리에 박은 채 멀쩡하게 사는 사람들 많지. 그런 사금파리는 그냥 장식이야. 진짜 고통도, 진짜 사랑도 창조하지 않아. 그 정도로 만족하겠다면 그래도 돼. 그런데 그걸 불륜 아닌 사랑이라고 우기지는 말라고. 사랑은 더 아프고, 더 고독하고, 더 전부를 걸어야 하는 일이야."

당신에게 쏟아놓은 내 말들이 비수임을 알면서도 해버렸다. 당신에게 그 말들이 필요하다고 판단했기 때문이다. 그 후 당신은 내게 연락하지 않았다. 아홉 달 동안 당신에게 무슨 일이 있었을지 짐작 가능했지만, 나는 그냥 당신의 침묵을 들었다. 당신은 많이 수척했을 것이고 아마도 몸이 아플 것이다.

"내가 갈까?"

한참 만에 뭐 먹고 싶은 거 있으면 말해보라고 말하자, 당신이 희미하게 웃었다.

웃은 지 한참 만에 코맹맹이 소리로 괜찮다고 말했다.

당신은 괜찮지 않을 것이다.

어느 날은 폭음으로 밤을 보내기도 했을 것이고, 취중에 울거나 소리쳐 욕을 하기도 했을 것이고, 음악을 틀어놓고 미친 듯 춤을 추기도 했을 것이고, 무언가를 깨뜨리고 깔깔거리기도 했을 것이고, 전화기를 노려보며 악을 쓰기도 했을 것이다. 분노와 슬픔과 고독에 당신을 내맡긴 채 몸과 마음이 많이 상했을 것이다.

힘들겠지만 지나간다.

때로 분노와 고독이 우리를 치유하기도 한다. 자기 자리로 돌아온 사랑은 종종 고독하고, 고독을 감당하는 동안 당신은 강해진다. 고독을 통과하며 자신을 공명시킨 사랑이 다른 무늬의 노래를 만들어낸다. 사랑은 출발했던 곳으로 더 강력해져서 돌아갈 것이다. 출발지는 오직 당신이다.

그러니 결함과도 같은 사랑의 고독을 즐길 준비만 되어 있다면, 사랑은 견딜 수 없을 만큼 힘들 때라도 견딜 수 있게 되어 있다.

"오, 계절이여, 오, 성곽이여! 결함 없는 넋이 어디 있으리."

랭보의 언어를 빌려 당신에게 오늘치의 위로를 전한다.

상처 없는 영혼이 어디 있으리.

죽을 것처럼 힘들어도 고통은 지나간다.

힘내라, 당신.

내가 느끼는 당신은 상자 속의 상자 속의 상자 속의 끝없는 상자를 푸느라 시간과 노력을 잡아먹히기엔 너무나 아까운 사람이다. 행동 없는 사랑의 말잔치에 공허하게 잡아먹히기엔 너무나 귀한 사람이다.

자신의
목소리를
놓치지만 않는다면

한 여자고등학교에서의 강연 후, 사인을 받으러 온 벗이 책을 내밀며 속삭였다. "멋있어요." 고마워. 이름을 써주면서 물었다. 어떤 게 멋있는 거니? "자유롭고 당당해 보여요." '자유롭고 당당하게!'라고 그 애 이름 밑에 한 줄 더 쓰고 커다란 꽃 한 송이를 그려주었다. '꽃피어라, 활짝!'이라고 빌면서.

내게 말 한 마디를 건네기 위해 여러 번 심호흡했을 그 애가 고스란히 느껴졌다. 몹시 외로운 친구라는 것, 많이 위축되어 있다는 것도.

"자유롭고 당당하게. 원한다면 그렇게 될 거야. 너는 스스로를 믿으면 된단다."

순간 그 애의 눈동자가 물기를 머금으며 흔들렸다. 나는 손을 내밀어 그 애에게 악수를 청했다.

사실 나는 자유롭지도 않았고, 당당한 아이도 아니었다. 나의 탄생이 축복이라는 느낌을 가져본 적 없었고, 오히려 세상에 태어난 것이 고난에 가깝다는 생각을 일찍 가졌던 편이다. 천성적 기질이라기보다 내가 세상에 놓인 조건이 그랬다. 평균보다 지나치게 예민했고, 내성적인 아이였던 내가 연필 깎는 칼을 처음 손목에 대본 것이 초등학교 1학년인 일곱 살 때였다.

여섯 살 때까지 살던 산 밑 마을에서는 놀이터인 뒷산이 있어서 나름 행복했다. 일곱 살에 이사한 집은 도심에 조금 더 근접했고 신식이었지만, 놀이터이자 피난처인 산을 잃어버린 나는 몹시 외로웠다. 그때부터 본격적으로 죽음이 궁금했고, 가족들이 저마다 맡은 역할극이 도무지 마음에 안 드는 우울한 소녀였다. 산을 잃어버린 내가 주로 도망친 도피처는 책과 바닷가였다. 책도 바다도 꽤 무궁무진했기에 다행히 나는 그 놀이터들에서 나름의 만족감을 찾아낸 것 같다. 손목에 칼을 대보긴 했어도 진짜로 긋지는 않았으니까.

내가 나를 긍정하기까지 내면의 갈등을 겪을 수밖에 없었던 가장 큰 이유는 가계였다. 우리 집의 가족 구성은 조부모, 부모 그리고 6녀 1남이었다. 내 바로 위의 언니와 나는 9년 터울이다.

애초에 우리 부모의 가족 구성은 1남 3녀였는데, 장남이던 큰오빠가 중학교 때 갑자기 죽는 바람에 딸만 셋이 남게 되자 9년 만에 다시 아이를 낳기 시작한 거였다. 대를 이을 남아를 낳아야 한다는 목표가 분명한 생산. 남아 생산을 위해 여러 사찰에서 기도를 드렸다는 엄마는 태중의 내가 100퍼센트 남자아이라고 믿었다고 한다. 내가 태어나기도 전에 준비한 백일 옷과 돌옷이 모두 남자아이 한복이었다. 나는 부모의 노골적인 기대를 배신하며 태어났고, 내가 남자였으면 끝났을 엄마의 출산 노동은 진짜 남자아이를 얻을 때까지 계속되었다. 천신만고 끝에 막내 남동생이 생긴 이후 가계의 서열이 할아버지, 아버지, 남동생이었음은 물론이다.

허약 체질에 천성이 예민했던 나는 이 가계도가 힘들 수밖에 없었는데, 무엇보다 나를 생각 많은 소녀로 자라게 한 것은 얼굴 한 번 본 적 없는 큰오빠의 존재였다. 죽은 오빠에 대한 이야기는 집안의 가장 아픈 상처였으므로 금기였다. 나는 오빠의 이야기를 머리 큰 언니들에게서 쉬쉬하며 조금씩 들었다. 그러다 어느 날 오빠를 보았다. 유달리 영민했다는 오빠는 중학교 때 이미 각종 대회의 상을 휩쓸었다는데, 오빠가 상을 받은 여러 장의 흑백사진을 본 것이다. 엄마의 장롱 깊숙한 곳에 들었던 오빠의 앨범, 그 안에는 첫돌 기념사진 속의 나와 너무나 닮은 소년이 있었다.

오빠의 사진을 본 이후 나는 죽음이라는 단어를 구체적으로 떠올리기 시작했다. 오빠의 돌연한 죽음이 아니었다면 내가 세상에 태어나지 못했을 거라는 기이하고 복잡한 상실감이 어린 나를 사로잡았다. 시도 때도 없이 우울했고 자주 눈물을 터뜨렸다. 한글을 배우고 내 이름을 쓸 수 있게 된 이후 처음으로 일기장에 또박또박 써본 단어가 '죽음'이었다. 침 묻힌 연필로 꾹꾹 눌러가며 쓴 '죽음'이라는 글자를 몇 시간이고 조용히 들여다보던 어린 여자아이. 부조리한 탄생에 연루되었다는 불쾌한 자의식으로 가득했던 내 속에는 나를 사랑하지 않는 내가 있었다. 그 애는 남자아이로 태어나지 못해 엄마를 힘들게 한 아이였고, 오빠가 죽지 않았으면 태어나지 않았을 아이였다. 유달리 별 보는 일에 몰두한 것도, 얼굴도 못 본 오빠가 죽어서 저기 어딘가에 있고 그의 삶을 내가 대신 살고 있는 듯한 느낌 때문이었다.

산 밑 마을을 떠나와 막막하고 우울하게 시작했던 초등학교 생활은 다행히 읽고 쓸 수 있는 세계가 시작되면서 서서히 변했다. 글자와 문장은 내 놀이터였던 뒷산만큼이나 신비한 세계였다. 빨간 장정의 계몽사 소년소녀 세계문학전집 1권부터 50권까지를 탐독하는 동안 수많은 주인공들로부터 위로받았다. 그들도 나처럼 문제가 많았고 불행했지만 스스로의 삶을 멋지게 여행했다. 나는 동화와 신화 속의 등장인물들과 함께 내 삶을 긍정하는 법을 배웠다. 읽고 또 읽어 50권 모든 책의 장정이 나 달나달해질 무렵, 나는 몹시 위축된 우울한 여자아이에서 탐험, 모험, 표류기, 여행이라는 말을 좋아하는 조금은 명랑한 소녀가 되어 있었고, 중학교 생활이 시작된 열세 살 이후부터는 더 넓고 근사한 책의 세계와 만났다. 나를 무아지경으로 이끈 인물들은 어딘가 불행하면서도 비범했다. 나는 책 속의 인물들이 짊어진 불행을 비범한 인생을 위한 무대장치로 여기기 시작했고, 내가 불행이라 여긴 나의 탄생 조건에 대해서도 그렇게 생각하기로 했다. 바야흐로 자백의 세계가 시작된 것이다. 나는 펼쳐 든 모든 책의 주인공이자 그 책을 쓴 작가의 역할을 동시에 맡으며 책에 빠져 살았다. 그러는 동안 불화하던 내면의 나와 좋은 이별을 했다.

그런 변화는 단연코 매번 책의 주인공 역할을 맡았던 자백의 힘이었다. 전 세계를 무대로 이런저런 희비극의 주인공으로 활약하는 동안, 자기를 긍정하지 못해 위축되었던 어린 여자아이는 훌쩍 성장했다. 나를 좀 더 큰 세상의 스케일로 바라볼 수 있는 여유가 생겨났다. 오빠의 죽음과 나의 탄생이 너무 긴밀히 꼬여버려 발생한 우울감, 남아를 생산해 집안의 대를 이어야 한다는 책무를 짊어졌던 엄마의 삶에 대한 너무 많은 의문과 안타까움과 저항감, 남자아이로 태어났어야 했다고 생각한 내가 여성으로서의 나의 신체를 받아들이는 과정에서 겪은 혼란들. 이토록 복잡했던 사춘기의 내면은 독서 편력을 통해 조금씩 정리되었고, 어떤 불행도 내 삶의 주인공으로서의 나를 빛내주기 위한 무대장치 같은 거라 여기는 당돌한 자의식이 출현했다. 내 인생은 내 거야. 오래전에 죽은 오빠가 나를 망치게 둘 순 없어. 엄마도 아빠도 내 인생을 대신 살아주지 않아. 내가 어떻게 살지는 내가 결정하는 거라고!

그렇게 나는 책을 통해 구원받았다. 내가 그렇게도 탐욕스럽게 책 읽기에 빠져들었던 것이 나를 지키기 위한 것이었음을 나중에 깨달았다. 내게 필요한 것을 나는 선택했고, 충분히 몰입했고, 늪으로부터 빠져나왔다.

누구나 스스로를 지킬 수 있는 자기다운 방법을 내면에 간직하고 있다. 내게 필요한 것이 무엇인지 알고 있는 자신의 목소리를 놓치지만 않는다면 끝내 자신을 사랑할 수 있는 방법을 찾아내게 된다.

스스로의 힘을 믿어라. 스스로를 가장 사랑해야 한다. 거기가 출발이란다.

내가 내민 손을 잡으며 그 애가 아침처럼 웃었다.

기운을 주라,
더 기운을 주라

햇볕 좋은 날, 혹은 특별하게 그리운 느낌을 동반한 바람이 살 갑게 부는 날에는 알몸으로 집 안을 거닐며 책장을 정리한다. 함께 사는 식물들을 다른 날보다 오래 매만져준다. 흰 빨래를 하고 옛날 사람처럼 탁탁 빨래를 펼쳐 넌다. 창을 통해 들어오 는 햇볕 속에 앉아 덜 자란 손톱을 깎기도 한다. 세계지도를 펼 쳐놓고 인디언 깃털을 펜듈럼처럼 흔들며 5대양 6대주를 슬렁 슬렁 오가기도 한다. 어디선가 오로라를 보기도 하고, 어디선가 펭귄들과 춤을 추기도 한다. "자작나무는 정령들이 살기 좋은 나무지.", 시베리아쯤에 문득 시선을 고정할 땐 시베리아 샤먼 처럼 말해보기도 한다. 알몸으로 차를 끓이고 창유리의 오래된 얼룩을 지우며 노래를 흥얼거린다.

집 안을 어슬렁거리는 알몸의 산책. 그러다 주섬주섬 옷을 챙겨 입고 산으로 향하게 되는 날들이 있다. 가깝거나 먼 곳의 산들을 순례하는 일로 마음이 족해지지 않으면 바다로 달려가게 되지만, 청춘의 시기에 비하면 지금은 바다를 찾는 일이 줄었다. 여전히 바다가 보고파서 새벽잠에서 덜 깬 몽롱한 상태로 동쪽 길을 나설 때가 있긴 하지만.

아무러나, 햇볕과 바람이 특별한 느낌으로 오는 날들에 날씨가 너무 춥지만 않다면 산으로 간다. 누가 보면 흉보겠지만 한적한 산길을 찾아 걸으며 웃통을 들쳐 바람을 들이고 햇볕도 받게 해준다. 언젠가 아름다운 숲속에 작은 오두막 하나 갖게 되기를 소망하기도 한다. 집의 앞쪽보다 뒤쪽에 계곡과 이어진 소박한 마당이 있어 달밤에 알몸으로 슬슬 거닐기도 하고 달빛 속에서 발가벗고 춤도 추고 스르르 잠도 들면 좋겠다. 다양한 규칙성을 가진 나무들의 숨소리 속에 나무들처럼 나도 알몸으로 스르르 잠들고 깨면 좋겠다. 산에서는 더 이상 원하는 것이 없어진다. 원하는 것이 없어지는 텅 빈 마음이 지극히 평화롭고, 그런 평화가 내게 기운을 준다. 산에서 자주 알몸이고 싶은 나를 누가 보면 흉볼지 모르지만, 나는 자주 옷이 갑갑하다. 그러니 몸을 꽉 조이는 속옷을 입지 못한다. 브래지어도 잘 하지 않는다. 공적인 모임이 있는 날에는 어쩔 수 없이 브래지어를 하지만 브래지어를 하고 외출한 날엔 몸이 다른 날보다 많이 지친다. 공적인 외출과 일정이 많아 복닥거린 시기가 지나면 외부와 완전히 차단된 채 알몸으로 혼자 노는 시간을 충분히 가져줘야 비로소 몸이 균형을 찾는 느낌이 든다. 내 식대로의 누디즘, 뿌리 깊은 알몸 편애를 반사회성이라 한다면, 나의 반사회성은 내가 유지하는 사회성에 기운을 주는 에너지원인 셈이다.

햇볕 좋은 날에 알몸으로 햇볕과 바람을 맞이하다 보면, 마음으로도 빛과 바람을 통하게 하는 일이 얼마나 중요한지 불현듯 알게 된다. 몸처럼 마음도 빛과 바람을 그리워한다는 것을. 몸이 햇볕과 바람 속에 자유로워질 때 마음도 종종 그러해진다는 것도.

'기운을 주라, 더 기운을 주라.'

이런 소리가 내 속에서 들려올 때 산으로 향하면서, 내가 사람을 사랑하는 방식에 대해 묻게 되는 날이 있다. 이런 날은 대개 '더 좋은 사랑의 형태'에 대해 숙고해보라는 요청이 나의 내부에서 들려올 때다.

고백하건대, 나는 첫눈에 반해본 사랑이 없다. 내게 사랑은 대개 여러 번의 만남을 통해 마음과 영혼이 움직인 후라야 찾아오곤 했다. 일종의 친밀함이 전제되었다는 이야기다. 누적된 정서적 친밀감 없이 사랑에 빠지는 것은 내겐 불가능하다. 그러니

하나 되고자 몸부림치고
잃을까 봐 아등바등하는 이 강렬한 욕망은
순도가 높아서 그만큼 고통스러울 확률이 높지만,
고통을 무릅쓰고라도
그 순간 인생의 전부를 걸고 하는 게 사랑이다.

생전 처음 본 사람과 운명 같은 사랑에 빠진다는 영화 같은 일은 내 인생엔 없는 것. 생애 단 한 번 육체의 친밀감이 먼저 찾아와 만나자마자 사랑에 빠진 적이 있었지만, 오래가지 못했다. 3개월쯤이었을까. 과학자들이 운운하는 사랑의 호르몬 유효 기간이 정확히 맞아떨어진 케이스였다. 사랑이 육체와 영혼의 오케스트라인 것이 물리적으로 증명된 경우라 하겠다.

나는 에로스를 찬미하는 사람이지만, 강렬한 사랑에 빠지는 것만큼이나 친밀한 관계들이 인생에서 중요하다고 생각하는 사람이다. 서로 다른 자아로서의 각자를 존중하면서 서로의 삶을 북돋울 수 있는 관계를 형성하는 일. 불같이 타오르는 매혹이기보다 장기적이고 지속적으로 서로에게 힘이 되어줄 수 있는 관계의 친밀함이 좋다. 나는 동성이건 이성이건 간에 이 친밀성의 관계들이 상대방의 행복과 성장을 지지하고 도와줄 수 있기를 원한다.

이것은 사랑에 빠지는 것과는 또 다른 매혹이다. 어느 지점에서 시작하든 사랑은 강렬한 인력과 함께 오로지 너만 보이는 단계를 거치게 된다. 하나 되고자 몸부림치고 잃을까 봐 아등바등하는 이 강렬한 욕망은 순도가 높아서 그만큼 고통스러울 확률이 높지만, 고통을 무릅쓰고라도 그 순간 인생의 전부를 걸고 하는 게 사랑이다. 평생 이 같은 순도를 유지할 수 있으면 좋지만, 사랑은 이처럼 많은 에너지를 필요로 하는 일이니 때로 쉬면서 스스로를 충전할 필요가 있다.

"기운을 주라, 더 기운을 주라"고 원하고, 기운을 줄 수 있어 좋고 받을 수 있어 좋은 친밀한 관계들이 좋다. 사랑에, 연애에 빠질 수도 있을 만큼 특별한 친밀함을 느끼지만 자칫 친밀함을 잃어버릴 수도 있는 연애에 빠지지 않는 것도 좋아 보인다. 일종의 긍정적인 거리 유지―나이를 먹는 즐거움 중 하나는 연애의 뜨거움과 친밀한 관계 맺기 사이에서 장기간 서로에게 더 좋은 관계가 무엇인지를 성찰하고 조율할 수 있는 능력이 생긴다는 것이다. 사랑의 다른 얼굴인 이것은 우정의 능력이다. 사랑의 연대 중 가장 안정적이고 평화로운 방식인 우정의 힘. 성별, 나이, 계층, 인종, 민족, 국가와 상관없이 더 다양한 우정의 관계들이 생길수록 인생은 풍요로워지고 세상은 평화로워진다.

벗에게
보내는 편지
-차라리, 사랑을 놓고 떠나라

무수히 만나지만 진정한 만남은 드문, 사랑의 부재가 너무도 흔한 세상이 되었다.

오늘 점심엔 10년간의 결혼 생활을 청산해야 할지, 유지해야 할지 고민하는 친구를 만났다. 일찍 결혼해 비교적 단란한 가정을 꾸려오던 친구였다. '웰컴 투 싱글 월드'를 발랄하게 외쳐주어야지 생각하며 가볍게 친구를 만났지만, 이게 생각보다 쉬운 문제가 아니었다. 결정적으로 친구는 이런 말을 했다. 당장이라도 이혼하고 싶지만, 지금 이혼하면 내가 뭘 해 먹고살 수 있겠니? 총명하고 재주 많은 친구였지만, 결혼 후 보통의 전업주부처럼 남편의 월급으로 살림만 살아온 그 친구가 이혼을 현실적으로 선택하기엔 경제적 문제의 막막함은 너무 컸다.

사랑하는 사람을 얼른 만나 결혼하고 싶다는 내 어린 친구!
그대에게 편지를 써야겠다는 생각이 든 날이다. 사랑하는 사람 만나 일찍 결혼하는 것도 좋고 평생 연애만 하는 것도 좋은데, 한 가지는 명심하길. 자신의 생은 오직 스스로만 책임질 수 있다는 것을.

성차별 면에서 세상이 퍽 좋아졌다고 하지만 여전히 우리 사회의 많은 측면에 뿌리 깊은 남녀 차별과 가부장 의식이 존재하는 것처럼, 여자들의 의식이 많이 깨였다고 하지만 어떤 측면에서 여전히 가부장 사회의 나쁜 관례에 의존적인 사람이 많다는 것을 솔직히 성찰해야 한다. 어찌 되든 결혼만 잘하면 인생 편하다는 왜곡된 의식을 가진 여성들이 '결혼 시장'을 여전히 주도하며, 남편의 출세 여하와 경제력, 사회적 권력에 자신의 삶을 부기하려는 여성들이 여전히 존재하는 한 진정한 의미에서의 성 평등과 성 해방은 요원한 일이다.

어린, 혹은 젊은 내 여자 친구들! 자신의 삶은 결혼이나 가족 제도의 보호막 이전에 오직 스스로만이 최후의 책임자라는 걸 명심해야 한다. 그러기 위해서는 여성 스스로 자신을 책임질 수 있는 경제력을 가져야 한다는 것도. 남자건 여자건 각자 자신의 삶을 책임지도록 길러져야 한다.

그런데 아직도 우리 사회는 오랜 가부장 사회의 영향 때문인지, 자기 삶을 책임지려는 남성의 주체성에 비해 여성의 주체성이 떨어진다는 것을 솔직하게 성찰할 필요가 있다. 어딘가 기댈 수 있는 가능성, 어려운 일이 닥칠 때 보호막 속으로 들어가려는 경향들이 여성들에게 상대적으로 많이 나타나는 걸 보면 속상하다.

기댈 수 있는 벽이나 보호막은 인생에 있어 중요한 것이지만, 그것은 삶의 핵심이 아니다. 가까운 누군가에게가 아니라 오직 스스로에게 기대어야 한다. 그래야 삶의 자유를 진정으로 누릴 수 있다. 스스로 충분히 자유로울 때, 자유로운 관계의 창조와 풍요한 누림이 가능해진다.

벗, 잊지 말기를! 그대가 꿈꾸는 결혼이 암묵적으로 경제권을 포기하거나 경제력에 대한 압박에서 벗어나 상대에게 기대고자 하는 욕망을 포함한다면, 그 결혼에 대해 처음부터 스스로에게 다시 질문해야 한다. '그저 함께 살고 싶어서' 결혼을 서두르는 많은 커플들의 '순수'는 결혼이 아름다운 이유이기도 하지만, 결혼의 현실 속에서 사랑을 오래 지속시키지 못하게 하는 덫이 되기도 한다. 남자가 처자식 먹여 살리느라 평생을 소진하고 여자가 아이들 기르고 남편 뒷바라지하느라 평생을 소진한 다면, 우리는 왜 세상에 오고 왜 결혼하는 걸까? 오래 산 커플들이 결혼의 종점에서 서로에게 하는 푸념과 억울한 호소는 대개 이런 질문에 맞닿아 있다는 걸 기억하길. 남자는 말한다. 나는 평생 처자식 먹여 살렸다! 여자는 말한다. 아이들 기르고 남편 봉양하느라 내 인생이 지나갔다! 이렇게 서로를 탓하게 되는 결말이 오지 않기를 바라지만, 불행하게도 적지 않은 커플들이 이런 결말을 경험한다. 누가 누구를 위해 살았다고 하는 희생의 가치에 스스로 만족할 수 없다면, 당신은 당신 자신을 위해서 살아야 한다. 성숙한 자아를 발전시키기 위해 우리는 누군가와 함께 살고자 하는 것 아닌가. 함께 사는 생활을 통해 영육이 골고루 충만해지고 행복하기 위해 함께 사는 것 아닌가.

벗! 삶의 현실적 책무를 누군가에게 짐 지우려 해선 안 된다. 행복의 느낌이 온전히 스스로에게 좌우되듯 나를 책임지는 것은 온전히 나라는 것을 잊지 말기를. 어디서든 내가 존중받기 위해서 나는 스스로를 책임지는 사람이 되어야 한다. 스스로 충만해야 어떤 관계를 통해서건 다른 이들을 충만하게 할 수 있다.

스스로 기꺼이 만족하지 못하는 희생이라면 당장 멈추길. 당신이 누군가를 위해 무언가 버렸다고 생각한다면, 그리고 원하지 않은 희생을 했다고 생각한다면, 그것은 불화의 씨앗이 되기 쉽다. 차라리 희생하지 마라. 홀로 자유롭되 상대방 역시 자유롭게 하며, 상대방에게 희생하지 않으며 역시 상대방의 희생을 요구하지 마라. 사랑으로 인해 당신과 그가 동시에 충만해지고 진보하며 크고 넓어져야 하는 것이 사랑을 하는 이유다.

'내가 널 위해 어떻게 했는데!'라는 생각이 든다면 무조건 멈추어 관계를 다시 성찰하기를. 내가 그를 위해 무엇을 했건 간에 그것은 내가 스스로 좋아서 한 일이어야 한다. 그 역도 마찬가지다. 상대에게서 무엇인가 구하려 하는 욕망을 버릴 것. 나는 나대로, 그는 그대로 가장 자유로운 상태로 서로에게 힘이 되어야 한다. 사랑하면 그가 바라는 것을 해주고 싶은 마음이 생긴다. 더러 내 것을 포기하면서 그를 위한 계획을 짜기도 한다. 어떤 선택을 하던 간에 내가 그를 위해 나의 무엇을 어쩔 수 없이 버렸다고 생각하게 되거들랑, 그 선택을 당장 중단하는 게 옳다.

그에게, 사랑에게, 의지하려 하지 마라. 사랑은 분명 서로에게 의지가 되어주는 것이지만, 의지하려는 마음이 먼저 생길 때엔 낭패하기 쉽다. 단독자로 자유로운 후라야 사랑에 성공한다. 그때에야 그가 참으로 당신을 의지해도 좋은 때가 되는 것이다. 의지하려 하지 말고 당신이 먼저 근사한 언덕이 되려고 노력하길. 스스로 완전하고 멋진 언덕이 되는 일이 당신을 완성하는 도정이 되어줄 것이고, 아름답고 튼튼하게 갈무리된 언덕이 당신의 사랑이 쉴 수 있는 언덕까지 되어줄 것이다. 스스로의 자존과 품위를 지키는 일, 스스로 성장하는 일이 좋은 사랑의 밑거름이다.

그러니 젊은 벗! 자신을 알아보지 못하는 사랑 같은 건 하지 마라. 차라리 사랑을 놓고 떠나라.

노력해야
하는 것은
정신의 청춘이다

청춘은 몸이 꽃피는 시기다. 육체의 생명력이 정점을 향해 이글
거리며 달아오르는 시기. 몸 자체가 날마다 변화를 갱신하는 진
보의 몸이다. 당연히 이 시기엔 성 에너지가 몸의 핵심이다. 그
러니 연애가 관심사인 건 당연지사.

청춘에게 연애란 성 에너지의 좋은 발산과 궤를 함께한다. 사
랑한다고 느끼는 감정의 많은 부분이 성 에너지와 결합되어 있
는 시기여서, 사실 이 시기에 소울메이트 어쩌고 하는 말은 입
으로 되뇔 수는 있어도 깊이 체화되기는 힘들다. 몸 따라 마음
가는 시기이고, 신체 특성상 어느 정도까지는 그래도 되는 시
기다. 물론 이때에도 원칙은 있다. 몸이 먼저 가는 것은 좋은데,

몸이 간 곳에 마음이 함께하지 않으면 공허할 수밖에 없다는 것.

아무튼 이 시절의 뜨거운 에너지를 청년들이 행복하고 책임 있게 즐기면 좋겠다. (몸의 만남이 중요한 시기이니만큼, 서로의 몸에 대한 예의는 대전제다. 열렬하되 서로를 존중하는 몸으로 만나기!)

청춘은 청춘답고, 중년은 중년다운 게 좋다(간혹 중년을 넘어서도 몸 따라 마음 가는 이들이 있는데, 이 경우는 언급할 가치가 떨어지니 패스). 중년의 벗들을 만나면 청년기와 다른 맥락에서 몸 이야기를 많이 한다. 몸이 예전 같지 않다고 우울해하는 경우가 많지만, 나이 들어 몸이 예전 같으면 그 역시 이상하지 않은가. 혹자는 청년기의 왕성한 성 에너지를 그리워하기도 하고, 혹자는 그런 성 에너지로부터 일정하게 해방된 육체성을 긍정적으로 받아들이기도 한다.

중년이 되어도 자기가 선택한 사랑에 쏟아 붓는 에너지의 총량은 줄지 않는다. 성 에너지 말고도 인생의 열정을 불태울 만한 일들은 얼마든지 있다. 신체적 성 에너지는 줄지라도 마음의 에너지는 더 풍요로워지는 시기이기도 하다. 인생을 구성하는 중요한 한 부분인 성을 누리는 방법에 있어서도 충만한 지혜가 생겨나는 때다.

사랑하는 대상에 대한 열정적 몰입은 스스로를 쏟아 부으면서 '나는 너다'의 경지를 사랑 속에서 구현하고자 한다. 나는 너일 수 없는데 마치 내가 너인 것처럼 너를 아끼게 되는 기적. 타인을 이렇게도 사랑할 수 있다는 사실에 놀라면서 열정은 더욱 황홀해지고, 마치 내 몸처럼 너의 몸과 소통하는 섹스는 사실 청춘기의 성충동에 의해서는 경험하기 쉽지 않다. 이것은 자기 신체의 쾌감을 만족시키기 위해 타인의 몸을 욕망할 때와는 질적으로 다른 세계다. 미성숙한 섹스의 많은 경우가 나의 욕망과 쾌감을 위해 상대의 몸을 이용하는 것이다. 자신을 위해 타인을 이용한다는 측면에서 일종의 억압인데, 이런 억압과 사랑을 혼동하기 쉬운 때가 청춘의 시기이기도 하다.

좋은 사랑을 충분히 경험한 중년이라면 달라야 한다. 나이 들면서 좋은 것 중 단연 으뜸은, 사랑을 성욕과 혼동하지 않는 자연스러운 단계가 찾아온다는 것이다. 성욕의 조율이 가능해지고, 섹스에 있어서도 더 까다로워진다. 성욕에 휘둘리지 않고 사랑하는 사람과 가장 좋은 방식의 섹스를 누리는 게 가능해진다는 의미다. 중년의 섹스에서 중요한 것은 세간에 잘못 통용되듯 '여전히 넘치는 힘'이 아니다. 성충동에 의한 것이 아닌 사랑에 의한 하룻밤은 너와 나의 몸의 합일이 주는 '나는 너다' 혹은 '나는 너이고 싶다'의 절박하고도 다정한 소통의 세계다. 너를 기쁘게 하고 싶고, 네가 기쁠 때 내가 진정으로 기뻐지는 다정한 열정의 세계다. 너와 키스하고 싶은 게 충동이라면 자제할 줄 아는 게 좋은 중년이다. 너를 더 깊이 알고 싶고 더 뜨겁게 사랑하고 싶은 마음이 키스로 발현된 것이어야 비로소 키스다.

사랑에는 분명 급과 질이 있다.
점점 더 수준을 높여가기 위해
노력할 만한 가치가 충분히,
어쩌면 유일하게 사랑에 있다.
그러므로 사랑은 내내 청춘이다.

사랑할수록 사랑은 깊어진다. 좋은 사랑은 인간의 성장에 깊이 관여한다. 청춘의 시기에는 사실 이걸 잘 몰랐다. 나는 매번 최선을 다했다고 생각했지만, 어쩔 수 없이 이기적인 사랑을 많이 했다. 나이 들면서 사랑으로부터 배우는 세계의 깊이와 넓이가 확연히 달라진다. 청춘의 사랑이 미성숙하다는 이야기가 아니다. 생의 각 단계에는 그때에 맞는 사랑이 있다는 거다. 거듭되는 사랑을 통해서 우리는 점점 더 성숙하고 풍성한 사랑의 능력을 키워간다. 앞선 사랑으로부터 무언가 배우는 것이고 더 나은 사랑을 꿈꾸고 실제로 해나가며 인생이라는 여로의 종착역에 닿아간다. 진정한 사랑꾼이라면 마지막 사랑에 이르러 사랑의 진면목에 최대한 근접하기를 꿈꿀 것이다. 사랑에는 분명 급과 질이 있다. 점점 더 수준을 높여가기 위해 노력할 만한 가치가 충분히, 어쩌면 유일하게 사랑에 있다. 그러므로 사랑은 내내 청춘이다.

靑春.

말 그대로 푸른 봄빛. 이 빛은 마음의, 영혼의, 정신의 빛이다. 모든 연령대에 청춘이 있다. 생기 있는 중년도, 노년도 있고, 팍 삭은 청년도 있다. 젊은 데다 성형으로 조각 같은 외모를 가졌어도 생기 없는 얼굴이 얼마나 흔한가. 청춘은 몸의 문제가 아니다. 그것은 자신의 시간에 스스로 불어넣는 생기의 능력이다. 지금 여기에 충실하고 늘 공부하며 스스로를 성장시키는 사람들에겐 성장판이 닫히지 않은, 여전히 성장 중인 생기가 있다. 더 이상 성장하기를 멈춘 채 과거에 고착된 사람들은 젊어서도 이미 늙은 것이다. 평생 배우고자 한다는 것은 스스로의 성장판을 유지하며 삶에 생기를 평생토록 구현하겠다는 의지다. 중년을 넘어서 노년에 이를수록 공부하는 삶이 중요해진다. 생의 마지막 순간까지 아름다운 청춘이었던 스승들이 우리에겐 이미 많다.

성장판이 닫힌 정신이 시들어가는 육체를 탄식하며 성욕 때문에 전전긍긍하는 사례들을 볼 때 안타깝다. 나는 모든 연령대의 성욕이 건강하게 발현되고 존중되어야 한다고 생각하지만, 한국 사회는 중년이 되어서도 충동과 사랑을 혼동하는 미성숙한 인격이 너무 많고, 노년-남성-권력층의 추한 성욕 역시 지나치게 넘쳐난다. 육체가 쇠잔해지면 몸의 욕망은 줄어드는 것이 자연스러운데, 정신이 오히려 몸에 붙들려 그것밖에 남은 낙이 없다는 듯 성에 집착하는 기괴함. 사실 육체의 쇠잔해짐은 어떤 측면에서 본다면 끊고 싶어도 끊을 수 없던 성욕으로부터 자연스럽게 해방되어가는 과정이기도 하지 않은가. 육체에 끌려 다니지 않고, 각 단계의 몸의 상태를 잘 알아채고 보살피면서 생의 무게중심을 조금씩 옮겨 가는 게 늙어가는 과정일 것이다.

어떤 단계든 인간은 몸의 에너지를 자연스럽게 따라가주는 게 좋다. 몸은 자연이고, 자연은 봄·여름·가을·겨울의 순환을 따라가는 것이니, 새싹이 돋고 성장하면 낙엽이 지고 쇠잔하는 게 순리다.

평생 관리하고 노력해야 하는 것은 정신의 청춘이지, 몸의 청춘일 수 없다.

춘향의
존재 선언,
그 후

청년들에게 사랑과 섹스를 말할 때, 가끔 춘향 이야기를 한다.

한 사회에 유통되는 고전문학이나 전형적 인물형에 덧씌워진 지배 이데올로기를 어떻게 잘 벗겨낼 것인가는 당대의 흥미로운 과제다. 우리 역사에서 독보적인 개성을 지닌 인물로 내 관심을 자극하는 사람은 춘향, 황진이, 허난설헌이다. 언젠가 이 셋의 개성을 조화롭게 체득한 제4의 여성 캐릭터가 나타나면 좋겠다는 바람도 있다. 이몽룡을 해바라기하며 수절한 기생 춘향에 초점을 맞추어선 곤란하다. 춘향의 생명력은 16세 이팔청춘이 발산하는 위풍당당한 자기애이므로.

춘향의 동력은 힘찬 순수다. 기생이라는 신분은 그들을 찾는 양반들을 적절히 응대해주고 화대를 챙기면 되는 직업이지만, 춘향은 몽룡을 그런 식으로 만나지 않았다. 필이 꽂혔고, 자기 감정에 충실히 따라간 춘향에겐 계산이고 뭐고 없었다. 이리저리 재지 않고 진심을 다해 화끈하게 사랑했다. 이몽룡이 떠나갈 때 춘향이 부리는 '패악'은 사랑스럽기 그지없다. 신분 사회의 제도에 의하면 기생인 춘향은 자기와 놀다 떠나가는 양반 자제에게 그런 패악을 보이면 안 된다. 그저 '기생답게' 살포시 옷고름 정도 적시며 보내드려야 하고, '기생이니' 언제든 다시 오시면 고이 단장하고 기쁘게 맞으리라, 해야 한다.

하지만 춘향은 기생이라는 신분에 합당한 역할극을 하지 않았다. 진심을 다해 사랑한 사람만이 부릴 수 있는 온갖 성깔을 이몽룡에게 부린다. 화대를 받는 기생으로서 손님을 접대한 것이 아니라 춘향이라는 개인으로서 상대를 사랑했기 때문에 당당하다. 포인트는 지금부터다. 온갖 성질 다 부리며 몽룡을 보낸 후 변 사또의 수청 요구를 격렬하게 거부하는 춘향. 관아에 소속된 기녀가 사또의 수청을 거부하는 것은 위법한 일이다. 하지만 춘향은 법 따위를 겁내지 않는다. 춘향의 수청 거부는 몽룡을 향한 수절이 아니다. 무책임하게 떠나간 남자에 대해 수절은 무슨! 춘향이 벌이는 변 사또와의 전쟁은 "내 몸의 주인은 나다"라는 존재 선언이다. 우유부단한 남자이긴 해도 몽룡에게 꽂혀 찐하게 사랑해본 결과, 춘향은 자기 몸이 얼마나 근사하고 소중한 것인지 각성한 거다. 보통은 각성은 해도 행동은 못 따라가기 일쑤건만, 질풍노도의 청춘인 춘향은 각성한 자기 인식을 용감히 실천한다. 이제부터는 음성 지원이 절로 되는 변 사또와의 전투 선언이다. "내 몸의 주인은 나야! 내 허락 없이 왜 네가 날 가져? 내 몸은 사랑할 때만 누군가와 잘 수 있어. 내가 널 사랑하지 않는데 이게 얻다 대고 수청 들라 난리야? 네가 사또면 다니? 네가 사또면, 나는 춘향이다!" 아아, 통쾌! 춘향을 향해 "홧팅! 홧팅!"이라고 백 번도 넘게 소리친다.

이제 조금 다른 이야기.

흔히 우리는 "사랑 없이 어떻게 섹스를 해?"라며 매우 도덕적인 척한다. 정말 그런가?

사랑의 감정과 성적 욕망은 별개임을 당신도 느낄 것이다. 사랑 없는 섹스는 가능하다. 그리고 많은 사람들이 사랑 없는 섹스를 하고 있기도 하다. 사랑 없는 섹스는 가능하지만 별로 행복하지 않다는 것이 이 관계에 노정된 문제일 것이다.

인간은 진심으로 사랑하지 않는 사람에게서도 성적 욕망을 느낄 수 있는 존재다. 그래서 정욕과 사랑의 구분이 가능해지는 존재이기도 하다. 사랑은 상대와 함께 정서적 소통을 이루고 서로 의지하며 상대방 없는 인생을 생각할 수 없는 상태이지만, 정욕은 하룻밤에도 맹렬히 불타올랐다가 다음 날 사라질 수도

있는 것이다. 어떤 이에게 강렬하게 끌리는 성적 매력이 있다고
해서 그대로 그 사람을 사랑하게 되는 것은 아니라는 것이다.
요즘 사람들이 흔히 최고의 찬사라고 여기며 사용하는 '섹시하
다'는 말에는, 그러므로 깊은 공허가 있다. 적어도 그 말을 하는
이들이 사랑을 꿈꾼다면 말이다.

  성욕은 인체의 성호르몬에 영향을 받는다. 호르몬이 인간의
감정에 미치는 영향과 화학 작용을 연구한 과학자들은 인간이
사랑에 빠질 수 있는 생체 한계가 3개월에서 길어야 1년 6개월
이라고 한다. 그 이상의 시간을 인체의 호르몬 구조는 감당 못
한다는 거다. 과학자의 입장에서는 사랑이 각종 호르몬들의 생
성 분비 역사이며, 호르몬 활동의 저하에 따라 조만간 자동 종
결될 운명인 것. 언젠가 친구가 잦은 우울감을 호소한 끝에 자
기 가슴을 퉁퉁 치며 "에구, 이 호르몬 덩어리!"라고 하기에 놀
란 적 있다. 감정 기복이 심해지고 무기력해지는 이유가 다 호
르몬 탓이라고 무슨 신경과학자가 방송에서 그랬단다. 소위 과
학적 이론이라는 것이 우리 몸을 자신으로부터 소외시키고 "호
르몬이 당신 몸의 주인이오"라고 설파하는 기이한 광경들. 인
체가 호르몬의 영향을 다각도로 받는 것이 사실이지만, 마치 그
것이 절대적인 상식으로 통용되는 이유는 방송 등의 대중매체
영향이 클 것이다. 자신을 '호르몬 덩어리'라 일컫는 그 친구에

게 내가 화를 냈던가. 당신이 원하는 것을 이루어주기 위해 우주도 돕는다는 코엘료 식의 위로야 오버가 극심해 권하고 싶지 않지만, 자기 몸을 마지막 순간까지 귀하게 대접해야 하는 것이 바로 자신임을 그 친구에게 안타깝게 말했던 것도 같다.

　말은 힘이 세다. 자신에 대한 부정적인 평가와 한탄은 매우 주의해야 한다. 내가 하는 그 말을 바로 지금 '내'가 듣고 있으니까. 호르몬 절대 강자 신화가 계속되다간 사랑한다고 절박하게 고백하는 상대에게 이렇게 거절하는 경우도 생길 지경이다. "그으래? 네 몸의 호르몬이 너에게 장난치고 있는 거야. 호르몬의 마법에 걸린 거지. 곧 지나가." 이런!
　우리의 감정과 그에 따른 몸의 변화에 호르몬이 작용한다는 사실은 틀림없지만, 사랑의 감정은 호르몬에 종속되지 않는다. 사랑은 훨씬 더 복잡하며 신비한 사건이다. 나 역시 3개월에서 1년 반에 이르며 끝나버린 사랑들을 해보았지만 그 이상의 사랑이 가능할 거라는 생각을 버린 적이 없고, 실제로 더 길고 깊은 사랑들을 해왔다. 사랑이 거듭될수록 사랑에 대한 총체적 이해가 늘어나고 더 잘 사랑하게 된다는 느낌이 드는 게 좀 더 현실적이겠다.
　인간에게 성적 욕망은 결코 완전하게 충족될 수 없는 무엇이다. 인간을 유지하는 본능적 욕망으로 거론되는 식욕, 수면욕과 비슷하면서도 다르다. 먹고 자는 일은 생존에 직접 연결된 욕구이지만 성욕은 그렇지 않다. 실제적인 대상과 관련된 성적 욕구는 그때그때 해소할 수 있겠지만, 성적 욕구가 해결된다고 해서 성적 욕망이 해소되는 것은 아니다. 이 뿌리 깊은 욕망의 충족은 사랑을 통해서만 가능하다.

인간은 평생 성욕의 노예일 수밖에 없다는 냉소적 견해는 진정한 사랑을 해보지 못한 이들의 방어적 견해다. 사랑을 통해 우리는 오히려 성욕으로부터 자유를 얻는다. 욕망의 결핍이나 억압을 통해서가 아니가 적극적 충족을 통해서 자유로워진다는 의미다. 진정한 사랑의 힘은 에로스를 우리를 억압하는 본능이 아니라 맘껏 자유롭게 하는 본능으로 탈바꿈시킨다. 사랑이 아니면 이룰 수 없는 일이다. 이런 자유는 사랑 없이 육체만 탐닉해서는 결코 이룰 수 없는 일이고, 정욕과 사랑을 구분하지 못하고 정욕에 매달린 채 인생을 낭비해서는 결코 경험할 수 없다.

다시 청년들에게로 돌아간다.

몽룡이 떠나간 게 성호르몬 유효 기간이 다해서였는지, 몽룡은 정욕이고 춘향은 사랑이었는지, 춘향은 그 이후 사랑의 역사를 어떻게 용감하고 자유롭게 써 내려갔는지, 그다음 이야기는 벗들이 알아서!

저의 중심에 무엇이든 붙박고자 하는
중력의 욕망을 배반한 것들은 아름답다
솟구쳐 쪼개지며 다리를 꺾는 순간
비로소 사랑을 완성하는 때
돌팔매질당할 사랑을 꿈꾸어도 좋은 때

죽기 좋은 맑은 날
쓰레기 수거증이 붙어 있는
환하고 뜨거운 심장을 보았다

- 「맑은 날」中, 『내 혀가 입 속에 갇혀 있길 거부한다면』

사랑은
늙지 않는다

적당한 결핍은 사람을 아름답게 한다. 적당히 수척한 생활이 아름다운 것처럼. 여름의 질퍽질퍽한 느낌이 가신 가을나무의 말랑말랑함을 나는 좋아한다. 남자도 그런 남자가 관능적이다. 나는 너무 기름기 흐르는 집을 좋아하지 않는다. 내 자신이 지루해져버리기 때문이다.

가령 당신이 찾아오면 조금은 불편하게 문을 열고 나가야 맞을 수 있고, 당신을 위해 신발을 신고 내려가 요리를 해야 하는 부엌이 있고, 종종거리며 달려가야 하는 화장실이 대문간쯤에 자리한 집이어도 좋다. 장독대가 마당가나 2층 옥상쯤에 있어서 간장이나 김치를 꺼내려다가 하늘을 올려다볼 수 있는 집도 좋다. 그저 평범한 아파트라 해도 작은 방 한 칸쯤은 텅 비어 조그만 책상 하나나 의자 하나가 오도카니 앉은 집이 좋다. 여성지에 흔히 데코레이션되는 인테리어 가구들과 풀세트 혼수용품들이 싫다. 지루해서 싫다.

적당한 수척함은 어디에서 올까? 세상에 불어 오가는 바람 속에 가슴을 열 줄 아는 사람은 아름다운 수척함을 지닐 확률이 높다. 자기 것을 적당히 덜어낸 자리에 세상의 사연들이 머무는 것을 받아들일 수 있기 때문이다. 수척한 것은 메마른 것이 아니다. 자신의 몸과 마음 어떤 부분들을 세상 속에 개방할 수 있게 된다는 것이며, 스스로를 위해 여백을 남길 줄 알게 된다는 것이기도 하다. 이럴 때 사랑은 깊어진다. 관계에 있어서도 자신에 대해서도.

적당히 수척해진 가을 나무들을 바라보는 일이 좋다. 더러 남겨진 까치밥을 볼 때마다 가슴이 두근거린다.

까치밥.

새들을 위해 남겨놓은 감이나 배, 사과 같은 것들.

과일나무를 키워본 사람들은 새들이 쪼아 먹은 과일을 일부러 따서 맛보기도 한다. 새에게 쪼아 먹힌 과일이 그 나무의 다른 과일에 비해 훨씬 맛있다는 것을 알기 때문이다. 감나무가 많았던 내 유년 시절의 뜰에서도 그런 풍경이 종종 있었다. 온

식구가 모여 감을 따는 날, 따보니 새가 쪼아 먹은 감이면 할아버지가 아끼는 손주를 불러 손에 쥐어주었다. 제일로 맛난 감이라고.

어려서는 새들이 맛있는 감을 어떻게 용케 알고 찾아내는 걸까 신기해했지만, 실은 그 반대라는 걸 나중에 알았다. 새가 과일을 쪼아 상처를 내면 상처를 회복하려는 나무의 열심에 의해 상처 난 과일에 더 많은 영양분이 공급되는 이치다. 쪼아 먹힌 과일은 그렇게 더 윤택해지고 맛있어진다.

식물들은 거의 그렇다. 너무 조건이 완벽하면 꽃피우기에 게을러지는 식물들이 많다. 너무 결핍되면 문제지만, 생존에 영향을 주지 않으면서 적당히 수척한 때에 식물들도 더 아름다운 꽃들을 피우려고 열심을 낸다.

사랑의 조건이 너무 과잉하면 우리는 쉬이 게을러진다. 어딘가 살짝 부족함을 느끼거나 여백을 느낄 때 더 열심히 사랑하게 된다. 노력이 필요한 수고인 사랑, 그래서 사랑을 수식할 때 '사랑을 가꾼다'는 말을 하는 것이다.

여기저기 구직 광고를 들여다보는 사람이 사랑을 한다.

지하철을 타고, 다시 버스를 갈아타고, 그리고 계단이 많은 비탈을 오르며 집으로 향하는 샐러리맨이 사랑을 한다.

이삿짐을 싣고 더 싼 방을 찾아 변두리로 떠나는 출판사 경리 직원이 사랑을 한다.

야근을 마치고 마트에 들러 분유와 기저귀를 사들고 바쁜 걸음으로 퇴근하는 중년 남자가 사랑을 한다.

영문도 모른 채 쫓겨난 아르바이트 대학생이 사랑을 한다.

예수나 부처 앞에서 고개를 들지 못하는 사람이 사랑을 한다.

한때 누군가를 만나러 다니던 오래된 골목 앞에서 담뱃불을 붙이는 남자가 사랑을 한다.

늦은 시간에 미용실에 앉아 아직 마음의 결정을 내리지 못한 여자가 사랑을 한다.

한 점 햇볕과 다사롭고 안타까운 입맞춤을 하는 감옥 안의 시인이 사랑을 한다.

사랑을 한다는 것은 사랑을 가꾼다는 것.

가꾼다는 것은 세상의 어떤 굴곡 앞에서도 스스로를 포기하지 않겠다는 의지.

나를 가꾸고

당신을 가꾸며

서로에게 까치밥이 되어주는 시간.

나의 사랑으로 당신의 상처를 낫게 하려는 마음이 지속되는 동안 사랑은 늙지 않는다. 사랑은 죽지 않는다.

우리는 모두
매일의 혁명가다

삶은 오직 현재다. 오늘 한 일과 내일 할 일만 기록하면 된다.

지금 여기밖에 없다. 생은 그냥 지금 여기다.

많은 위로의 방법이 있지만 내가 들어본 가장 무섭고 냉철한 위로는 이런 것이다.

"후생이 궁금하다면 지금 여기의 너를 보아라. 지금이 너의 후생이다."

옛 선사들의 이런 일갈은 무섭다. 사람을 진짜 사랑하지 않으면 이런 말을 하지 못할 것이다. 눈앞의 사람이 그저 마음 편할 수 있는 말만 해도 되는 게 위로이자 덕담 아닌가. 그런데 진짜 선사들은 그러지 않았다. 가혹하게 시간의 인과에 대해 말한다.

지금 여기의 주인공으로 살라는 간절한 당부다.

지금 여기가 너무나 힘든 사람이 있다. 삶의 조건 자체가 너무나 폭력적이라서 꼼짝달싹할 수 없는 사람들. 그럴 때는 어떤 말도 필요 없다. 그냥 껴안고 있어야 한다. 깊게 껴안고 내 온 힘을 짜내어 그에게 전해주려고 마음을 다해야 한다.

때로는 투정 부리는 사람도 있다. 지금 여기의 삶에 감사할 조건이 이미 충분하건만, 감사는커녕 불평불만과 냉소만 가득한 사람들. 스스로의 용기 없음을 환경과 외부 탓으로만 돌리려는 사람들. 그때는 냉정하게 말해줘야 한다.

"너의 미래가 궁금하니? 지금이 너의 미래다."

사랑에 관해서도 마찬가지다.

"네 사랑의 미래가 궁금하니? 지금 사랑하는 사람과 영원히 함께하길 바라니? 사랑을 위해 오늘 무엇을 하고 있니? 그것이 네 사랑의 미래다."

가끔 청소년들이 이런 말을 한다.

"꿈을 크게 가지래요. 10년 후의 자기를 근사하게 상상하면 원하는 대로 된대요."

아뿔싸, 뭐라고 말해줘야 할까, 고민하다 솔직하게 말한다.

"아서라, 그런 상상. 10년 후에 이루고 싶은 것을 이미지로 그려볼 수는 있지만, 10년 후를 상상하는 데 시간을 들이지 마

라. 상상하는 대로 되지 않는다. 집중할 것은 오늘과 내일뿐이
다. 조금 길게는 일주일. 좀 더 길게는 한 달."

신년 초에 한 해 계획을 생각하는 것은 물론 좋다. 올해는 뭘
해야지, 어떻게 살아야지, 다짐하고 스스로에게 용기를 주는
것. 그 정도면 충분하다. 집중해야 할 것은 오늘과 내일뿐이다.
오늘 내가 어떻게 살았는지가 내일이 되고, 그런 하루가 모여
1년이 되고, 그런 1년이 모여 10년 후가 된다.

오늘과 내일. 여기에만 최선을 다해라.

행복도 마찬가지다. 모호하고 막연하게, 언젠가는 행복해지
겠지, 이런 건 없다. 영영 오지 않는다. 행복도 사랑도 언제나
한 걸음부터 시작한다. 사실, 한 걸음이 전부다.

오늘 행복한 일 최소한 한 가지를 찾아내거나 만들어야 한다.
아주 소소한 일상부터 시작하면 된다. 오늘은 아주 맘에 드는
커피 향을 맡았다거나, 저녁노을이 너무 근사해서 만사 제치고
스마트폰도 무음으로 해놓고 하늘을 감상하는 데 온전히 10분
을 보냈는데 그때 저절로 얼굴에 미소가 떠올랐다거나, 하루에
시 한 편을 읽기로 한 계획을 시작했는데 마음 울컥한 시를 만
났다거나, 먹고사는 데 지쳐 딱딱해진 줄로만 알았던 감성이 작
은 엽서의 그림 한 장에 움직이는 느낌이 들었다거나, 그리운
당신의 손을 잡았다거나, 생각만 하던 자전거 타기를 시작했는
데 바람이 너무 근사해서 가슴이 뛰었다거나, 폐지 줍는 할머니

네 사랑의 미래가 궁금하니?
지금 사랑하는 사람과 영원히 함께하길 바라니?
사랑을 위해 오늘 무엇을 하고 있니?
그것이 네 사랑의 미래다.

의 리어카를 횡단보도 건너까지 함께 밀어드렸다거나. 뭔가 뿌듯하고 심장이 따뜻해지는 기분을 느낄 수 있는 행복한 순간들을 스스로 만들어야 한다.

하루 10분이라도 이 시간의 온전한 주인이 나라는 느낌을 가질 수 있게 자신의 생활을 배려하는 것. 나를 구체적으로 행복하게 해주는 일을 계획하고 실천하는 것. 다시 말한다. "언젠간 행복이 오겠지요" 같은 건 없다. 행복은 각양각색 모두 다른 촉감의 수많은 공깃돌을 매일 하나씩 자기 손바닥에 감싸 쥐는 느낌으로 누리는 감각이다. 보편적 추상으로 모호하게 존재하는 행복 같은 건 없다. 어떤 직업을 꿈꾸고 성취한다 해도 마찬가지고, 어떤 물건을 소유하고 싶어 갖게 되었다고 해도 마찬가지다. 성취감과 행복감은 곧 사그라진다. 그런 감정들이 영원하지 않다는 것이 인생이라는 여행을 지루하지 않게 만드는 이유이기도 하다. 모든 것은 왔다가 곧 사라진다. 사라진다는 걸 알고 있기 때문에 왔을 때도 냉담할 텐가? 뭐 어차피 곧 사라질 테니까, 하고? 그렇다면 그만 사는 게 낫다. 살기로 결정했다면 삶의 질을 가능한 한 좋게 유지하기 위해 노력해야 한다.

삶의 질은 삶에 대한 태도에서 1차적으로 결정된다. 지금 여기의 삶, 바로 오늘의 삶 속에서 내게 최상의 행복감을 주기 위해 스스로 노력하는 것. 오늘 내게 휴식이 필요하다고 판단하면 최상의 휴식을 주어야 하고, 최상의 잠을 주어야 한다. 오늘 내게 창조적인 영감이 필요하다면 영감을 얻을 수 있는 세상의 주름들을 찾아나서야 한다. 오늘 내게 사랑이 필요하다면 당신을 부르고 달려가 키스할 수 있는 심장을 스스로에게 주어야 한다. 내게 필요한 것은 내가 주어야 한다는 것. 내게 필요한 것이 삶에 대한 태도의 변화라면 기꺼이 자신을 변화시키는 것이 스스로에 대한 예의이자 나의 삶에 대한 사랑이다.

감옥에 갇힌 두 사람의 혁명가가 있다고 하자. 감옥에 갇혀서도 그들은 평생 혁명을 바랐다. 때가 와 혁명 비슷한 것이 일어났고, 감옥 문이 열렸다. 두 사람이 세상에 나왔다. 흑발이 백발로 변한 세월이었다. 둘 모두 혁명의 꿈을 감옥 안에서도 계속 꾸었지만, 태도는 달랐다. 한 사람은 창살로 들어오는 한 줄 햇살에도 감탄하고, 빗소리를 즐기고, 짧은 운동 시간을 효과적으로 쓰기 위해 운동 방법을 고안하고, 책을 읽고, 음악을 상상하며 듣고, 그림을 그리고, 매일의 일기를 쓰고, 날마다 행복할 수 있는 것 한 가지씩을 발견하거나 발명하여 자신에게 선물했다. 어느 날은 감옥 창살에 앉은 풀벌레와 대화를 나누기도 하고, 아침마다 지저귀는 작은 새의 노래에 감사하기도 하고, 자신도 노래를 지어 간수에게 들려주기도 했다. 도저히 행복할 수 없을 것 같은 조건에서도 기쁨과 행복감을 창조하려는 사람은 빗소리를 들으며 생애 처음으로 피아노 소곡을 작곡할 수도 있을 것이다. 가끔은 아무것도 하지 않는 날을 정해 하루 종일 누워 우주를 상상하는 즐거움을 누리기도 할 것이다. 다른 한 사람은 자신이 왜 이 감옥에 갇혔는지 분노하고 화내고 저주하면서 감옥 생활을 견뎠다. 그러는 사이 심신의 건강은 아주 나빠졌지만, 감옥 안에서야 견디는 것 외에 더 무엇을 할 수 있겠냐고 토로했다. 감옥 문이 열렸고, 두 사람은 세상으로 나왔다. 당신은 두 사람의 얼굴을 상상할 수 있을 것이다. 당신은 어느 쪽을 택할 것인가?

스스로 자기 행복의 발명가가 되어야 한다. 행복과 기쁨은 완성형으로 주어지지 않는다. 행복을 느낄 수 있는 감각, 기쁨을 누릴 수 있는 감각이 있어야 행복하고 기뻐질 수 있다. 행복도 기쁨도 충만감도 외부에서 주어지는 것이 아니라 개인의 창조 감각이다. 생의 활기와 생기는 생의 주체에 의해 다채로운 형식으로 창조된다. 원효, 임제 등 동양의 선지식들에 의해 강조되어 온 '일체유심조' '수처작주 입처개진'의 지혜들이 이런 창조 감각에 대한 이야기라고 나는 이해한다.

고통 많은 세상에서 살기로 작정했다는 것은, 매일의 혁명을 수행하겠다는 말이다. 감정이 살아 있는 인간으로 일상의 창조를 날마다 실험하겠다는 것이다. 살아 있는 우리는 모두 매일

의 혁명가다. 사랑의 전사다. 자기 행복의 창조자다. 고해인 세
상의 너무 잦은 폭력으로부터 자신을 지키기 위해 더 열렬한 사
랑의 전사가 되는 수밖에 없다. 매일 더욱 적극적으로 혁명하는
수밖에 없다. 세상이 점점 더 나빠지고 있으므로 더욱더 자신을
잘 지켜내려는 노력이 절실하다.

나를
사랑하기 위하여

인생 뭐 별거 없다. 잘될 때까지 사랑하는 일밖에.

나를 잘 사랑하는 데서 출발한다.

워낙 많이 듣는 말이니 말 자체는 알겠는데, 그래서 어떻게 나를 사랑하라는 말인가?

자기를 사랑하라는 말과 연관된 중요한 말이 자존감이다.

"저는 유년기가 불행했어요. 그래서 자존감이 낮고, 연애를 잘 망쳐요"라는 맥락의 말을 가끔 듣는다. 그럴 때마다 갸우뚱한다. '운명의 반쪽' 신화처럼 자존감이란 말에 대해서도 뿌리 깊은 오해가 있음을 실감한다.

유년기에 얼마나 사랑받았는지가 개인의 자존감을 결정한다
는 생각이 어째서 상식처럼 회자되는 걸까? 유년기에 가난하고
힘든 경험을 한 사람들 중에도 아름답게 성장한 사람은 셀 수
없이 많다. 유년기가 우리 인생에서 매우 중요한 시기인 것은
맞지만, 그것은 현재 나의 자존감에 영향을 미치는 한 부분일
뿐이다. 유년기의 영향이 클 수도, 작을 수도, 거의 없을 수도
있다. 성장하면서 어떤 경험을 해왔는지에 따라 달라진다. 자존
감이 어릴 때의 가정환경에 의해 결정되어 평생 지속된다면, 어
릴 때 환경이 불우했던 개인은 영원히 헤어나오지 못할 덫에 걸
린 셈이 된다. 불행한 경험을 했다 해도 그 상처를 잘 치유하고
스스로를 잘 성장시킨 사람들이 많다. 어떤 분야건 결정론은 그
래서 매우 위험하다.

자존감은 한번 형성되면 고정불변하는 게 아니라 전 생애를
거쳐 계속 변한다. 과거에 이러했기 때문에, 라는 과거 고착형
서술은 자존감의 좋은 변화를 방해한다. 과거에 고착되어 악순
환을 되풀이하는 셈이다. 지금 이 순간의 나의 자존감이 어떤
상태인지에 주목해야지, 과거의 기억에 고착되어서는 현재의
상태를 나아지게 할 수 없다. 인생은 '지금 이 순간'뿐이다. 과
거에 어땠든지 그것은 과거이고, 과거는 지금이 아니다. 유아
기, 청소년기, 청장년기, 중년과 노년에 이르는 인생의 모든 단
계에서 자존감이 높은 시기도 있고 떨어지는 시기도 있다. 지금

내가 어떤 상태인지에 따라 달라지는 것이지, 과거 한때가 기준이 아니다. 그러니 내가 지금 자존감이 낮다고 스스로 생각한다면 성찰은 이렇게 바뀌어야 한다. 과거에 이러해서 자존감이 낮다가 아니라, 지금 내가 하고 있는 일에 대한 만족도, 인간관계, 즐거운지, 건강 상태는 어떤지 등 현재의 내 상황을 체크하고 나아질 수 있는 부분에 정성을 쏟고 변화를 모색해야 한다.

현대사회에 과잉한 비교, 경쟁, 과도한 목표 설정 등이 현대를 사는 우리 대부분의 자존감에 나쁜 영향을 미치는 것은 분명하다. 사회가 개인의 자존감을 높여주지 못하고 도리어 훼손하는 시대이니 고단하더라도 자신의 자존감은 스스로 더욱 챙겨줘야 한다. 우선은 나를 주어로 하는 자존감 평가부터 그만두자. "나는 자존감이 낮아서" "내가 그렇지 뭐" 따위의 말을 쉽게 하는 사람들이 있다. 스스로를 이렇게 규정해놓고 세상 앞에 위축된 삶이란 얼마나 가혹한가. 말을 그렇게 하면 말이 나를 규정한다. 스스로를 부정적으로 규정하지 말고 가능성을 열어두어야 한다. 자신의 가능성을 믿고 의식적으로 더 많이 스스로를 보살피고 칭찬해주어야 한다. "내가 저건 못해도 이건 좀 잘하지." "수학 성적은 좀 떨어져도 친구들 고민은 잘 들어주지." "눈은 좀 작아도 코는 정말 예쁘지." 실제로 칭찬받아 마땅하다고 생각되는 행동을 하루에 하나씩 소소하게 실천해보는 것도 좋다. "아무도 안 하려고 하는데 휴지를 주워 쓰레기통에 넣었으니 참 잘했다." "무거운 짐을 들고 가는 할머니를 도왔으니 참 잘했다." "학교 왕따, 사내 왕따, 이유 없이 누구 한 사람 왕따시키는 거 불편하면서도 말하지 못했는데, 왕따당하던 친구에게 함께 밥 먹자고 했다, 나 퍽 괜찮은 사람이 된 것 같다." 으쓱!

어떻게 나를 잘 사랑할 것인가? "당신은 소중하니까요"라면서 구매를 유혹하는 각종 소비자의 위치에서는 사고 또 사봐야 공허를 채울 수 없다. 자존감은 내면의 문제이기 때문이다. 돈이 많다고 자존감이 높아지는 것도 아니고, 외모가 잘났어도, 학교 성적이 상위권이어도 자존감 낮은 사람은 무척 많다.

자존감을 높이는 데 가장 효과적인 것은 물론 책과 예술이다. 예술처럼 쓸모없는 놀이가 인류에게 있어온 것은 이 쓸모없음이 우리를 품격 있게 인생을 누리는 인간으로 이끌어주기 때문이고 창조라는 말을 개인의 곁에 가져다주기 때문이다. 나의 자존감을 지키는 데 예술을 활용하라. 예술은 그러라고 우리 곁에 있는 거다. 책을 읽고 음악을 듣고 미술관에 가는 예술 활동은 다른 무엇보다 강력하게 자존감을 높여준다. 생활이 어려워도 곁에 늘 책이 있는 사람, 아무리 바빠도 한 달에 한 번은 미술관에 가는 사람, 밥벌이에 직접 효용이 없는 이런 생활을 유지하고자 하는 자세는 세상의 속도에 투항하지 않고 자신을 지키기 위한 노력을 지속하는 인간이라는 자긍심을 스스로에게 준다. "생활이 이런 판국에 무슨 책이야?"가 아니라, 그럼에도 불구하고 책 한 권을 손에 잡고 있는 순간들이 우리의 자긍심을 높인다.

경제가 어려워지면 책값을 비롯한 문화생활 지출비를 가장 먼저 줄인다고 한다. 그런데 생활이 어려울수록 가장 나중까지 지켜야 하는 것이 문화예술의 향유다. "생활이 이런데 무슨 예술이야?"가 아니라 생활이 우리를 비루하게 몰고 갈수록 개인의 자존을 지키는 한 줄기 빛처럼 개인을 예술과 연결시켜놓아야 한다. 밥벌이에 함몰되면 끝없이 추락한다. 그럼에도 불구하고 인생의 품격을 만들어줄 방법을 스스로 찾아내야 한다. 내가 그저 밥벌이의 노예가 아닌 인간다운 품위를 유지하고 있는 인간임을 스스로에게 입증시킬 수 있는 가장 강력한 것이 예술 활용법이다. 무료이거나 입장권 싸게 운영하는 공공미술관, 도서관, 박물관, 공연 등을 적극 이용하자. 도서관 서가에서 거니는 시간을 갖는 것만으로도 최소한의 자존감을 지킬 수 있다. 돈 많은 부자들이 무감동하게 허세로 드나드는 값비싼 클래식 연주회와 서민들이 자신의 자존감을 지키기 위해 향유하는 문화예술은 질적으로 다른 결과를 선물한다. 생활이 아무리 곤궁해도 삶의 이런 재구성 능력을 잃지 않는다면 스스로의 자존감을 지켜낼 수 있다.

그 무엇보다도, 스스로를 귀하게 대접하자. 많은 사람들이 실제 자기 모습보다 자신의 외모를 낮게 평가한다는 연구 결과가 있다. 왜 그럴까? 비교 대상을 외부에 두기 때문이다. 극소수 연예인 외모를 표준 삼아 비교하니 내 외모에서 장점을 찾기가 어려워진다. 비교는 불행을 부르는 만악의 근원이다. 설령 내가 표준보다 못생겼다고 해도 외모로 한 사람을 평가하려는 것이 얼마나 무지하고 폭력적인 일인지를 성찰한다면, 외모지상주의의 시류로부터 과감히 자유로워져야 한다. 외모 지향, 외모 '지적질'로부터 과감히 하차해서 끊임없이 나를 외모로 평가하려는 세상을 비웃어라. 나는 세상이 정한 대로 살지 않겠다. 나는 그렇게 비루하게 살지 않겠다. 내 가치는 내가 찾는다!라고.

자신을 위해 매일 조금씩 무언가 하자. 30분만 시간을 내면 할 수 있는 일들을. 유행 타는 베스트셀러 말고 남들이 읽지 않는 좋은 책을 한 페이지씩 읽고, 시를 한 편씩 읽고, 그림 한 점을 감상하고, 한 줄의 메모를 하자. 모국어 외의 다른 언어의 단어나 문장을 하나씩 외우는 것도 좋다. 산책을 하고 기지개를 켜며 하늘을 보자. 심호흡하자. 들숨에 생각한다, 나는 점점 더 나은 사람이 되고 있다. 날숨과 함께 얼굴 가득 미소를 떠올려 보자.

청춘,
외로움이 주는
음식들

왜 그렇게 20대를 건너오기가 힘들었을까? 살아도 살아도 20대
가 끝나지 않을 것 같았다. 30대에 접어들면서 간신히 조금 평
화로워졌다. 드디어 서른이 되었어! 이젠 요절할 수도 없게 되
었으니 심기일전해 한번 잘 살아봐야지. 축하해줘. 새로 태어난
것처럼 다시 한 번 기운 내볼게.

　서른 살에 나는 그동안 견디고 살던 서울살이를 정리하고 강
원도로 내려왔다. 스물여섯에 등단해 서른 살에 첫 시집을 낸
후였다. 문단의 이런저런 행사들은 너무 잦았고, 각종 행사 뒤
끝의 술자리들은 지겨웠다. 가진 것 없이 자존심만 센 까칠하기

짝이 없는 후배 시인의 앞날을 염려하며 선배 문인들은 여러 조언을 했다.

1. 대학원에 들어가서 학위를 따라. 일단 석사 마치면 대학 강단에 설 연줄을 만들 수 있다. 생계도 해결하고 문인으로 살아갈 여러 종류의 힘도 생긴다.

2. 괜찮은 직업을 가진 남자를 물색해 결혼해라. 안정적인 이공계 연구원을 추천한다. 생계 걱정 없이 원하는 글을 쓰면서 살 수 있다.

생계유지와 원하는 글 맘껏 쓰기를 병행할 수 있기를 바라며 진심에서 해준 다정한 조언들이었지만, 나는 아무것도 하고 싶지 않았다. 1의 조언에는, "전 창작자로 살 거예요. 대학원 논문이 내게 왜 필요한지 알 수 없어요." 2의 조언에는, "전 결혼 제도에 0.1퍼센트의 매력도 느끼지 않아요. 결혼 제도를 이용할 생각도 없고요." 그렇게 끝.

그 무렵 나는 절대적으로 혼자 있고 싶었고, 시를 지키는 삶을 살고 싶었다. 문학하는 사람들이 자주 무리 짓는 서울을 떠나야 한다는 판단이 나를 재촉했다. 이러다간 문학을 지키기는 커녕 삶을 지키기도 힘들겠구나 싶었다. 물론 비슷한 관심사를 가진 이들의 교류 속에 있으면 안전한 느낌이 들고 실제로 교류

와 친분을 통해 공유되는 정보와 이익도 있지만, 그 당시 나는 그 모든 것에 염증을 느끼고 있었다. 고작 첫 시집을 낸 신인이었기에 마음이 더 절박했을 것이다. 출발했으니 나만의 봉우리에 올라야 할 것인데, 나는 아직 출발지에 뿌려놓은 신선한 피 냄새 말고는 이룬 것이 없었다. 시인의 이름으로 내가 가볼 수 있는 가장 외로운 곳까지 가기 위해 더 절대적인 독거의 시간이 필요했다.

그렇게 덜컥 내려온 강원도에서의 삶은 더없이 좋았다. 내가 그토록 원한 고독을 충분히 누렸다. 생존 자체에 비용이 많이 드는 서울에서보다 훨씬 적은 돈으로 더 충만한 생활이 가능했음은 물론이다. '적게 벌고 적게 쓰고 가능한 한 많이 존재하는' 삶의 연습은 서울이라는 대도시 조건에선 거의 불가능한 일이니까. 나의 내면이 이끈 독거의 요청에 온전히 응답한 시절이었던 두 번째 시집의 「시인의 말」을, 그래서 나는 특별히 사랑한다.

시인의 말

전화를 받지 않은 지 오래되었다. 도대체 연락이 되질 않는다는 벗들의 타박을 가끔씩 들으면서 그저 손이나 모은다. 절명의 무엇이 있어서라기보다 그저 오래 그리워한 바람 때문이다. 강심에서 뜨고 지는 달 때문이다. 파도에 신선한 핏방울을 묻히며 심해를 거니는 물고기 비늘 때문이다. 오래 아팠던 나무 때문이다.

서울 생활을 접고 강원도로 내려온 지 3년이 되어간다. 매일 강을 바라보는 일의, 바다의 눈매에 날마다 다르게 접히는 주름을 헤아리는 일의 지복함을 맘껏 누리고 있다. 사랑한다, 사랑한다고 원 없이 말하면서 날마다 무릎 꿇고 이 땅에 입 맞춘다. 스스로를 가두어놓고 이토록 행복해질 수 있다니, 생에 처음 있는 일이다.

그러면서 문득 길의 몸을 본 것 같다. 더듬거리며 그 몸을 찾아 나설 때가 다시 오고 있음을 안다. 더 멀리 가야 한다. 더 큰 고통과 축복의 몸들에게로. 여전히 내 언어는 불화의 쪽에 있지만, 내 속에서 오래도록 나를 불러온 허방으로 두려움 없이 가야겠다. 이 생을 사랑하지 않고는 다른 생을 사랑할 수 없음을 늦게 알았다.

－2003년 초가을 강원도에서

시인의 말을 쓰던 그때의 나를 가끔 생각하게 될 때가 있다. 20대 중후반에서 30대 초반을 지나는 젊은 벗들을 만날 때면, 30대 초반이라는 게 저렇게 젊은 나이구나 싶어서 신기하다. 그들이 털어놓는 저마다의 삶들이 너무 생생해서 또 신기하다.

상처 없는 생은 없다.
상처에 함몰되지만 않는다면,
상처는 살아 있음의 생기발랄한 반증이기도 하다.
인간은 실패를 통해 성장한다는 정석 답안처럼
상처를 통해 우리는 성장한다

‘상처 입지 말고 잘들 건너야 할 텐데……’ 생각하다가, “상처 없는 삶이란 없는 것이니 용기를 내자”고 토닥일 뿐이다가, “그 래도 가능한 한 덜 상처받고 더 자유롭게”라고 말해주고 싶어 진다.

달콤한 뒷맛을 남긴 채 곧 사라져버릴 것을 예감하면서도 어 디론가 달려가지 않으면 스러지는 청춘의 막막함. 그 막막함이 외롭고, 인생이 순간인 것이 두려워 청춘의 우리는 그토록 열기 가득했던 모양이다. 그토록 자주 뒷모습을 보이며 울었던 모양 이다. 그러니 청춘의 시기를 건너며 우리는 외로움에 대한 저마 다의 맞춤형 백신을 가지게 되는 것인지도 모른다. 어떤 백신을 처방하는 것이 좋을지는 오직 스스로만 안다. 자기 내면의 소리 를 들을 수 있는 귀를 가지는 것이 첫 관문이다.

상처 없는 생은 없다. 상처에 함몰되지만 않는다면, 상처는 살아 있음의 생기발랄한 반증이기도 하다. 인간은 실패를 통해 성장한다는 정석 답안처럼 상처를 통해 우리는 성장한다. 하지 만 불필요한 상처를 입을 필요는 없다. 상처를 두려워 할 필요 도 없다. 상처를 두려워하지 않되, 불필요한 상처로부터는 자기 를 보호하는 능력이 필요하다. 어떻게 자기를 보호할 것인가? ‘나의 느낌’에 주목하는 능력, 직관을 활성화하는 능력이 우선 필요하다. 눈앞에 이익이 보인다고 해도 그것이 나를 진정으로 자유롭고 평화롭게 하지 못할 것이라는 느낌이 발동하면 멈출 수 있는 능력. 외부의 조건이 기승전결 딱 맞게 "넌 이래야 해. 이게 안전해"라고 나를 강제할 때에도 직관적인 내 느낌이 그게 아니라면 "아니오!"라고 하며 박차고 나갈 수 있는 용기. 이것은 고독해지는 것을 두려워하지 않는 용기다.

청춘의 끝 무렵인 30대 초반을 자발적 고독 속에서 보낸 시간들이 일생이라는 긴 여행의 중요한 밑천이 되었다는 것을 시간이 지나면서 더욱 명료하게 느낀다. 사람들 속에 있어도 좋지만, 홀로 있어도 강건할 수 있는 영혼이라야 한다. 그런 영혼은 스스로 단련시켜줘야 한다. 생의 조건 중 그 어떤 것도 연습과 훈련 없이는 저절로 강건해지지 않는다. 몸도 영혼도.

당신에게 고독을 주라. 고독을 영접하고 잘 대접하는 일의 즐거움이란 게 있으니! 내게 필요한 것은 내가 주어야 한다. 청춘을 통과하며 내가 고독과 잘 놀아주게 되었을 때, 아파도 다시 사랑할 수 있는 용기가 처음처럼 생겨났다.

청춘을 건너며 나는 믿게 되었다. 견딜 수 있을 만큼만 아플 수 있게 우리는 진화해왔다는 것을.

언제인가 많은 것을……

−니체

언제인가 많은 것을 일러야 할 이는

많은 것을 가슴속에 말없이 쌓는다.
언제인가 번개에 불을 켜야 할 이는
오랫동안— 구름으로 살아야 한다.

시인을 꿈꾼다는 스물아홉 살의 벗에게, 스물아홉 살 무렵 내가 품고 있던 이 시를 전한다.

너의 그림자를 베고 잠들었다 깨기를 반복하는
지구의 시간.
해 지자 비가 내린다.
바라는 것이 없어 더없이 가벼운 비.
잠시 겹쳐진 우리는
잠시의 기억으로도 퍽 팬찮다.

별의 운명은 흐르는 것인데
흐르던 것 중에 별 아닌 것들이 더러 별이 되기도 하는
이런 시간이 좋아.
운명을 사랑하여 여기까지 온 별들과
별 아닌 것들이 함께 젖는다.

있잖니, 몸이 사라지려하니
내가 너를 오래도록 껴안고 있었다는 걸
알게 된 날이야.
알게 될 날이야.
축복해

-「몸살」中, 『녹턴』

4장

사랑 너머
더 넓은
사랑으로

사랑하기를
포기하지 말아야
하는 이유

당신은 말한다. 어차피 혼자 왔다가 혼자 가는데, 사랑이고 우정이고 다 필요 없다고. 나 하나 살아남기도 힘들어 죽겠는데, 사랑이고 우정이고 사치 아니냐고.

　마음의 장막을 치고 밀실로 들어가려는 당신에게 무슨 말을 해야 할지. 우리 시대의 사랑을 이토록 주눅 들게 만든 주범이 기성 권력이다. 상위 10퍼센트가 사회 전체 부의 3분의 2를 가진 나라. 90퍼센트 국민이 나머지 부의 3분의 1을 놓고 경쟁해야 하는 기괴한 나라. 불의하고 탐욕스러운 정치권력과 자본의 결탁이 오랜 세월 극소수의 금고만 배불려온 파렴치한 나라. 10퍼센트를 위해 90퍼센트에게 노예의 삶을 강요해온 부끄러운 나라. 여기를 이렇게 만든 기성세대에 속한 사람인 나는 당신 앞에서 무슨 말을 할 수 있을까.

생존에 쫓겨 사랑 앞에 위축되고 사랑을 두려워하는 세대를 만들어낸 사회는 정말 나쁜 사회다. 파편화된 개인주의 성향이 그런 사회를 만드는 게 아니라 각박한 사회구조가 그런 개인들을 만든다. 우리가 갇혀버린 나쁜 사회의 장막이 너무도 두껍다. 사랑을 포기하라 명령하는 경쟁과 억압과 노예화의 구조, 이 두꺼운 벽 앞에 그대로 투항할 것인가? 이런 사회에 어떻게 저항해야 할까?

막막하지만 그래도 시작은 여기다. 이 불합리한 구조를 정확히 인식하는 것. 그럼에도 불구하고 사랑하는 것. 아니, 그러므로 더 잘 사랑하려고 노력하는 것. 그 수밖에 없다. 자기를 더 많이 사랑하고 내 옆 사람들을 더 많이 사랑하는 것.

나쁜 사회에 잡아먹혀 인생을 낭비한다면 나만 손해다. 인생이 축제일 수 있는 유일한 길. 돈과 권력이 장악할 수 없는, 돈도 권력도 초라하게 만들어버리는 권능이 사랑에 있다. 사랑의 능력이야말로 나를 나로서 존재하게 하는 생명의 능력이기 때문이다. 태어났다는 것은 세상을 향한 모험과 탐험을 시작했다는 것. 이 탐험에 함께할 동반자들을 적극적으로 마주치고, 만나고, 매 단계의 시간성 속에서 새로워지며 함께 나아가는 일, 그것이 사랑이고 우정이다.

어차피 인생 혼자라고? 맞다. 인생은 혼자이고 삶은 상처의 흔적들로 가득하기 마련이다. 나쁜 사회에서 살아가기란 받지 않아도 될 불필요한 상처들까지 받게 되니 더욱 고행이다. 그러므로 우리에겐 더욱더 강력한 사랑이 필요하다. 혼자이기 때문에 내가 살려면 네가 필요하다는 억압적 필요가 아니라, 모두 혼자이기 때문에 서로 기대어야 비로소 '삶'의 의미가 발생하는 상호의존적 필요다. 한 사람이 부모의 몸을 빌려 세상에 태어나듯, 존재는 다른 존재에 기대어 목숨을 얻고 관계들 속에 서로 기대어 삶을 만든다. 내가 홀로이듯이 당신이 홀로인 것이 짠하고, 내가 외롭듯이 당신의 외로움이 마음 쓰여서 우리는 서로 기대고 사랑한다. 사랑이 우리를 보듬어 살게 하고 성장시키며 서로에게 기댄 관계들을 보살피며 인생이 깊어진다.

"다 필요 없어! 어차피 인생 혼자야!"라고 대범한 듯 소리치고도 누군가 나를 온전히 받아주고 이해해줄 상대를 찾는 것, 이것은 나약함이 아니다. 인류의 생존은 누군가에게 기대어 유지되어왔고, 서로의 생존을 지지한 타인을 더욱 아껴주고 싶은 마음을 발달시켜왔고, '더불어 함께 살고 있음'의 자각은 타인에 대한 책임이 개인의 품격을 높인다는 것을 증명해왔고, 사랑하는 사람을 위해 심지어 죽을 수도 있을 것 같은 감정의 비약이 가능한 DNA를 발전시켜왔다.

인류가 다른 동물에 비해 아름다운 점이 있다면, 내가 아닌

사랑하기를 포기하지 않는 사람들이 미래를 만든다.
사랑을 받는 것만이 아니라
사랑을 주고자 하는 적극적 의지의 발현,
그것이 사람을 사람답게 한다.

존재의 안녕을 염려하는 공감의 진화가 가능했다는 것과, 사랑하는 너를 살리기 위해 내가 죽음을 택할 수도 있다는 특이한 돌연변이적 반응을 보이는 동물이란 점 때문일 것이다. 물론 모든 인간이 이런 특이성을 보이지는 않지만, 자기 생존을 포기하고서라도 애착하는 누군가를 살리고픈 마음을 지닐 수 있는 존재로 인간이 진화해왔다는 것은 우리가 인류의 일원인 것에 긍지를 가지게 하는 진짜 근사한 이유 아닐까. 이런 성향은 동물계 일반에서는 볼 수 없는 특이한 반응이다. 적자생존의 본능만 쫓아 사는 게 아니라, 생존 본능 이상의 그 무언가를 가져야 비로소 인간이라고 느끼는 바로 그 지점. "사람이 그러면 쓰나" "사람으로서 그런 일을 할 수는 없다" "인간된 도리" 등으로 회자되는 '인간됨'의 품격과 자긍심은 사랑으로부터 발현된다.

사랑하기를 포기하지 않는 사람들이 미래를 만든다. 사랑을 받는 것만이 아니라 사랑을 주고자 하는 적극적 의지의 발현, 그것이 사람을 사람답게 한다. 사랑의 가치를 훼손하는 사회의 억압을 뚫고 사랑의 능력을 유지하려는 개인들의 노력이 사람 사는 세상을 유지한다.

사랑도, 우정도 필요 없고 아무튼 살아남겠다고 각오할 때, 살아남기는 하겠지만 행복하게 살기는 어려울 것임을, 당신은 이미 짐작하고 있다. 사랑이 있다면 고생도 의미 있지만, 인생의 희로애락을 함께 나눌 수 있는 옆의 존재들이 없다면 내가 아무리 잘나도 공허하다는 것을 당신은 이미 알고 있다. 사랑하는 사람의 짐을 내가 나눠지고 있을 때 나의 자존감이 높아지고 충만해진다는 것. 당신이 나로 인해 미소 지을 때, 당신이 나로 인해 힘이 난다고 말할 때, 내가 행복해진다는 것도 역시 알고 있다.

도망가지 말자. 느끼는 대로, 알고 있는 대로 하자.

자신과 옆의 존재들을 더 잘 사랑하기 위한 노력이 나를 내 삶의 주인으로 만드는 과정이기도 하다는 것. 우정과 사랑을 만들고 지키는 일이 어려워서 혼자가 되겠다고 하면 슬픈 일이고, 타인을 향한 노력인 우정과 사랑을 정말로 쓸데없는 낭비라고 여긴다면 바닥 없이 고독해진다. 지금보다 더 고독해진다.

짐승의 힘에
맞서는
사랑의 힘

    당신을 보았다. 거리에서, 아파트 옥상에서, 베란다 난간에서, 외진 바닷가에서, 카페 화장실에서, 사무실 창고에서, 저토록 많은 밤의 골목들에서, 심지어 한낮의 대로에서도.

    당신은 오늘도 울고 있다. 공포로 하얗게 질린 당신의 얼굴로 창백한 달빛과 햇빛이 스민다. 당신은 자주 울지만, 당신의 눈물은 당신을 적시지 못한다. 여태도 못 가고 있어요? 당신은 아무 데도 바라보지 못한 채 고개를 끄덕인다. 당신은 이쪽을 볼 수 없다. 당신은 여기에 속해 있지 않으므로. 그런데도 당신은 여기를 떠나지 못한다. 여기에 있지만 여기에 속하지 못한 채 당신은 다만 떠돈다. 너무 무거워서. 너무 무서워서. 너무 아파서. 너무 괴로워서. 너무 억울해서.

그를 보았다. 그들은 아주 많다. 그의 아버지의 아버지의 아버지의 아버지들도 아주 많다. 인류의 역사는 그 모든 아버지들의 것이었으므로. 그들은 말한다. "폭력성이라니, 대체 왜 그리 삐딱한가. 힘 있는 자가 힘을 누리는 것은 당연한 일 아닌가. 폭력이 아니었다면 인간이 어떻게 세상을 지배할 수 있었겠나. 인간이 사자보다 위대해진 것은 사자를 통제할 힘이 있었기 때문이다. 힘 있는 자가 최상급의 포식자인 것이 대체 왜 문제인가. 인간종의 폭력성을 성찰하라고? 힘은 숭배받아야 할 것이지, 성찰의 대상이 아니다. 힘 있는 자가 세상을 가진다. 당연한 일 아닌가. 세상은 밀림이다. 약육강식, 적자생존은 동물계의 진리다. 살아남고 싶다고? 그렇다면 강해져라. 어떤 수단과 방법을 써서라도."

힘. 문제는 힘에서 기인한다.

힘은 두 종류다. 한 종류는 신체적 힘. 신체의 힘은 남자가 여자보다 월등히 세다. 또 한 종류는 정치, 경제, 사회적 힘. 남녀가 두루 섞여 있지만 오랜 가부장 사회의 유습으로 힘 있는 남자가 압도적으로 많다. 신체적 힘이 악으로 나타나는 경우는 가정 폭력, 데이트 폭력, 이별 살인, 거리나 공공장소에서 여성과 노약자를 향해 일어나는 묻지 마 폭력들이다. 사회적 힘이 악으로 나타나는 경우는 직장 상사, 지도 교수, 담임 교사, 교회 목사 등 사회적 권력 관계에서 일어나는 성희롱, 성폭행 등이다. 신체적 힘의 악은 직접 폭력으로 사회적 힘의 악은 성적 폭력으로 주로 드러난다.

그는 아내와 사소한 말다툼을 했다. 그는 그날 아내를 때려 살해했다. 그는 오래전 아내에게 사랑한다고 말한 적이 있다. 아내는 그의 사랑의 말을 믿었고, 맞았고, 사랑해서 때렸다는 말을 믿었고, 매번 맞았고, 결국 죽었다. 그는 아내보다 힘이 셌으므로 아내는 그에게 저항할 수 없었다. 그는 그보다 건장한 체구의 사람을 때리지 않는다. 그는 그보다 힘센 사람 앞에서 순하고 착하다. 육체의 힘이 센 사람 앞에서도 사회적 힘이 센 사람 앞에서도. 사소한 말다툼으로 역정을 내고 때릴 수 있는 것은 아내가 그보다 힘이 약하기 때문이다. 힘이 약한 상대는 함부로 하고 싶어진다. 그 안의 폭력성, 그 안의 악은 힘에서 기인한다.

폭행하고 심지어 살해하는 악의 유전자가 따로 있는 것이 아니다. 남자가 여자보다 특별히 악해서 폭력을 휘두르는 게 아니다. 남자든 여자든 힘 있는 자가 약자를 함부로 대할 때, 악은 태어난다. 자기보다 강한 자 앞에선 비굴해지고 자기보다 약한 사람은 함부로 대하는 태도. 거기가 악의 진원지다. 자기보다 약한 사람에게 힘을 행사하고 싶은 욕망이 불끈거릴 때, '그래도 된다'는 묵계가 퍼져 있는 사회에서 악은 더 빈번히 더 강력하게 태어난다.

그저 한 마리 육식 포유류 짐승이고 싶지 않아서 인간은 사회를 만들고 이런저런 도덕률을 만들었으나, 힘 있으면 세상에 못할 게 없다는 약육강식의 야수성은 여전히 잠재적으로 횡행한다. "사람이 사람다워야지"라는 도덕적 강령으로 간신히 잠재우고 있어도 때만 오면 언제든 짐승이 드러난다. 짐승의 출현은 '그래도 된다'는 사회적 분위기가 형성될 때 더욱 많아진다. 한 세대 전 가부장들이 그토록 줄기차게 아내들을 때려도 사회 문제가 되지 않았던 것은 "다 그렇지 뭐" "북어와 여자는 패야 한다"는 사회적 묵인이 있었기 때문이다. '그래도 된다'는 묵계에 저항하여 수많은 여자들이 다치고 매 맞아 죽은 다음에야 간신히 그런 행위가 범죄라는 사실을 사회적으로 공유하게 되었다. '사람이고자 한다면 그래선 안 된다'는 기초적인 사실 하나를 공유하고 법제화하는 데 걸린 시간이 한 세대다. 그런 게 범죄라고 생각해본 적 없이 횡행하던 폭력들이 '가정 폭력' '성 폭력' '스토킹'이란 이름들을 갖는 데 너무나 많은 여자들의 억울한 죽음이 필요했다. (하긴, 한국을 포함해 세계 여러 나라의 여성 참정권이 법적으로 보장된 것이 평균 100년이 안 된다. 그러니 한 발짝 한 발짝 인식과 제도를 변화시키기 위해 얼마나 많은 이들의 저항과 피눈물의 역사가 있었던 것인지!)

우리가 짐승의 폭력으로부터 조금이라도 나아진 삶을 누린다면 그것은 짐승과 싸워온 사람들의 희생 덕분이다. 이제 제발 그만. 자라나는 우리 아이들에겐 제발 짐승의 사회를 물려주지 말자. '그래도 된다'의 묵계를 깨뜨려야 포유류 속의 괴물이 기지개를 켜지 못한다. 가정 폭력, 데이트 폭력, 부부 혹은 연인 간 살인, 성희롱, 성폭행, 가정과 직장과 사회 여러 부문에서 일어나는 이 모든 폭력들에 대해 단호히 대처하지 않으면 우리는 금세 악의 세상에 잡아먹힌다. 악은 멀리 있는 것이 아니라, 우리 내부에, 언제든 꿈틀대고 싶은 잠재된 짐승으로 있기 때문이다.

함부로 휘둘러진 힘에 의해 약자가 고통받을 때 단호히 제지하지 않으면 '그래도 된다'의 약육강식의 법칙이 빠르게 증식한다. 그러므로 이런 유형의 범죄에 대해 한층 단호하고 까다롭게 단죄해야 한다. '그것은 범죄다' '그러면 안 된다'라는 인간다움의 묵계가 더욱 강고해져야 한다. 인간의 세계를 유지할 것인지, 짐승의 세계로 돌아갈 것인지는 유무형의 묵계가 어느 쪽에 더 무게중심이 쏠리는가에 따라 달라진다.

당신을 보았다. 너무나 많은 당신들을. 여태도 못 가고 있어요? 나는 손을 내밀어 당신의 눈물을 닦으려 한다. 당신을 적시지 못하는 당신의 눈물이 내 손에 닿기 전에 메마른 공기 방울처럼 흩어져 날아간다. 지상의 모든 거리로, 아파트 옥상으로, 베란다 난간으로, 외진 바닷가로, 카페 화장실로, 사무실 창고로, 저토록 많은 밤의 골목들로, 슬프고 막막한 한낮의 대로 위로.

그는 헤어지자는 여자 친구에게 휘발유를 끼얹는다. 그는 그녀에게 사랑한다고 말했다. 그는 라이터를 켠다. 그녀가 짧은 치마를 입고 외출하는 게 마음에 들지 않는다. 그녀가 회사 동료들과 친하게 지내는 것도 마음에 들지 않는다. 그는 그녀를 가두고 싶다. 힘이 세므로 그는 그녀를 가둘 수 있다. 그녀는 그를 떠나고 싶다. "못 가! 넌 내 소유야." 그는 라이터에 불을 붙인다. "사랑했는데 떠나겠다니. 넌 내 건데 어딜 가겠다는 거야. 다른 놈에게 뺏길 수 없어. 사랑한다고 했잖아. 차라리 죽어. 죽어. 죽어." 그는 헤어지자는 여자친구를 때린다. 염산을 붓는다. 감금한다. 불 지른다.

사랑은
그렇게 너무도 자주
사랑 아닌 탐욕에 의해

사랑 아닌 집착에 의해
사랑 아닌 소유욕에 의해
사랑 아닌 힘에 의해
참혹히 죽는다

사랑한다고 말하는 순간에도 진짜 사랑을 알지 못하기에
내면의 짐승이
사랑을
죽인다

당신들, 세상 도처에 너무도 많은, 떠도는 죽은 여자들. 내
여자 친구들. 너무 무거워서, 너무 무서워서, 너무 아파서, 너무
괴로워서, 너무 억울해서, 여태 못 떠난 당신들을 편안히 보낼
수 있는 방법이 없을까? 더 이상 짐승의 힘에 의해 함부로 폭행
당하고 죽임당하는 사람이 없어지는 세상이 되어야만 당신들
이 평안해질 것임을 안다. 사랑이, 진짜 사랑만이, 세상을, 당
신들을, 평안에 들게 할 수 있음을 안다. 산 자의 몫으로 노력하
는 수밖에 없다. 최선을 다해, 사랑하겠다. 짐승의 힘에 맞설 수
있는 사랑의 힘을 더욱 강건히 키우겠다. 포옹과 우정과 연대의
힘으로, 당신들 몫까지 더욱 최선을 다해, 사랑하겠다.

구름이 가려도
하늘은
그곳에 있다

생의 모든 문제는 사랑에서 비롯된다. 문제가 생기고 풀어가기를 반복하면서 인생은 진행되어간다. 성숙해가는 쪽이든 망해가는 쪽이든, 완성되어가는 중이든 부서져가는 중이든. 이 엄정한 생의 역사를 줄리아 크리스테바는 이런 문장으로 표현한다. "인간의 한평생은 거대하고 영원한 사랑의 과정이다"라고.

오늘 나는 예쁜 조카를 새로 얻었다. 갓 태어난 아기들을 볼 때마다 말할 수 없이 이상한 기분이 든다. 발그스름하고 말랑말랑한 신선한 생명체! 아기들을 볼 때마다 나는 그이들의 손가락, 발가락, 손바닥, 발바닥의 완벽함에 놀라고 선명한 지문을 가지고 태어난다는 것에 또 놀란다. 아기들의 손과 발이 얼마나 풍부한 표정을 가지고 있는지에 대해서도. "어머, 이 발 좀 봐! 이 손 좀 봐!" 갓 태어난 아기의 얼굴보다 손과 발에 더 열광하는 내가 이상했는지, 간호사가 결국 웃음을 터뜨렸다.

조심스럽게 아기를 안아보고 다시 아기 엄마 곁에 뉘여주면서 나는 마치 삼신할미라도 되는 듯한 표정으로 말했다.

"이 애가 적어도 세 살이 될 때까지는 항상 안아주고 만져주고 사랑 가득한 눈빛으로 눈 마주쳐주어야 해."

나의 주문에 아기 엄마는 진지하게 고개를 끄덕였다. 말하고 보니 내 말투가 진짜 무슨 삼신할미 같아서 겸연쩍은 웃음이 나오려는 참이었는데, 보통 때 같으면 함께 웃음을 터뜨렸을 아기 엄마가 의외로 너무나 진지하게 마치 신탁을 듣는 양 고개를 끄덕이며 아기를 품에 다시 꼭 껴안는 거였다.

보살펴야 하는 생명을 가지게 된 존재들이 왜 생을 허투루 살 수 없는지, 보살핌을 실천하려는 존재가 어떻게 스스로 위대해지는지, 갓 태어난 아기를 껴안는 한 인간의 포옹의 순도가 고스란히 느껴져서 가슴 뭉클했다.

영유아기에 부모와 나눈 유대의 경험이 얼마나 중요한지를 연구한 많은 사례들이 있다. 짐작 가능하듯이, 영유아기에 충만한 사랑을 경험할수록 고통에 대응하는 심리적 항체가 튼튼해질 확률이 높다. 반대의 경우라면 인생을 살면서 만나게 될 이

세상에 태어나는 모든 아이들의
최초의 사랑의 경험이 충만한 것이 되기를 기도한다.
가깝거나 먼 곳에서 어린 생명들과 나누는
당신의 사랑의 밀어들이 더욱 충만해지기를.

런저런 상처들을 치유하는 데 들여야 할 노력이 훨씬 격렬해질 가능성이 높다.

'인생은 고해'라는 현자들의 통찰은 정확하다. 살아간다는 것은 크고 작은 상처가 생기고 낫기를 반복하는 과정이며, 막막하고 냉정한 세상 속에 티끌 한 점 같은 자기 존재의 영토를 안간힘 써서 확보해가는 어려운 여정이다. 끊임없이 상처받지만 자기 생을 사랑하는 자의 품위와 끈기로 상처를 치유해가며 우리는 성장한다. 길고 긴 고해의 시간을 헤쳐가야 하는 여행가로서 힘을 잘 비축해야 하므로, 불필요한 상처와 결핍에 노출되지 않도록 자신을 돌보는 일이 필요하다. 스스로를 돌볼 수 있는 능력이 없는 어린 시절에 겪게 되는 사랑의 결핍은 그래서 가슴 아프다. 인지하든 그렇지 않든 내면의 상처가 깊고 많을수록 스스로를 치유해야 하는 생의 과정이 고단해질 수밖에 없으므로.

갓 태어난 조카를 축복하며 아기 엄마에게 내가 주문한 스킨십의 맥락이 거기다. 아기와 엄마가 나누는 사랑의 느낌과 친밀한 접촉은 어린 생명에게 가장 중요한 세계다. 아기의 영혼을 형성하는 가장 큰 부분이 따뜻하고 우호적인 스킨십과 친밀도라는 육체적이고 물리적인 접촉의 기운으로부터 출발한다는 것. 어린 육체가 느끼는 친밀도의 감각과 함께 영혼이 성장한다는 것. 이것은 신비하고 놀라운 일이며 동시에 두려운 일이기도 하다.

언젠가 해외로 입양되어 성장한 대학생들을 만난 적 있다. 북유럽의 선진국에서 훌륭하게 성장한 아이들이었고, 시종 유쾌한 대화를 나누던 차에 낙태 문제가 화제에 올랐다. 서구 선진국에서는 낙태가 여성의 몸에 대한 자기 결정권으로 이해되지만, 낙태를 법으로 금지하는 국가도 여전히 많은 게 현실이다. 다른 주제에 비해 눈에 띄게 단호한 태도를 취하며 몇몇 아이들이 단언했다. 책임질 수 없다면 낙태해야 옳은 거라고. 책임지지 못할 생명을 세상에 내놓는 무책임함에 대한 비판과 분노가 그 목소리들에 고스란했다. 수술했다면 지상에 존재하지 않는 당사자가 되었을 그들이 '생명의 책임'에 대해 말하며 낙태를 찬성할 때, 그것은 더욱 아프고 절박했다.

어릴 때 입양되어 사회경제적으로 별문제 없이 성장했지만, 환영받지 못한 출생이라는 치명적 상처를 다스려내기 위해 저마다 얼마나 극심한 내면의 전투를 치러야 했을지 그 성장통의 깊이가 고스란히 느껴졌다. 그토록 구체적인 상처들 앞에서 손쉽게 생명 존중 운운하며 전개하는 낙태 금지의 논리란 얼마나 나이브한 것인지. 낙태에 대한 법적 금지는 태아와 임신 여성 모두에게 기만적이다. 과도한 감상성으로 태아의 생명 운운하면서 정작 임신 주체인 여성의 몸에 대한 존중이 없는 모순, 자기 몸에 대한 결정권을 갖지 못한 채 여성의 몸을 아이 생산의 물적 토대로만 인식하는 사고야말로 지독히 반생명적 논리 아닐까. 생명을 세상에 내놓고 책임질 수 없다면 아이와 엄마 모두에게 불행한 상처가 된다. 지상의 모든 부모와 어른들에게는 생명에 대한 책임이 있다. 혈연으로 맺은 내 자식은 물론이거니와, 이 세계로 오는 모든 아이들에 대한 연대의 책임이 있다.

세상에 태어나는 모든 아이들의 최초의 사랑의 경험이 충만한 것이 되기를 기도한다.
가깝거나 먼 곳에서 어린 생명들과 나누는 당신의 사랑의 밀어들이 더욱 충만해지기를.

사랑은 기대치가 크므로 조금만 방심해도 결핍감이 커지는 어려운 일이지만, 아주 작은 것이라도 사랑의 고갱이가 존재하는 한, 깊고 어려운 나락에서도 인생을 지탱하는 가장 강력한 버팀목이 되어주는 마법이기도 하다. 구름이 하늘을 가리고 있어도 하늘 바라보는 일을 잊지 말자고, 외로운 곳의 벗들에게 속삭인다. 하늘 어느 곳을 손가락으로 가리켜도 거기엔 틀림없이 별들이 있다고.
당신의 사랑으로 하루 중 메마른 부분이 촉촉해지듯이 당신의 멀고 먼 작은 영토마다 자그맣게 주먹 쥔 말랑말랑한 아기의 손처럼 발그스레 등불 들어오기를 축복한다.

우리의 할 일은
사랑의 순간을
즐기는 것

먼 곳에서 친구가 찾아와 그를 맞으러 나갔다. 사실, 그가 찾아 왔다기보다 내가 사는 동네를 지나가다 불현듯 연락이 닿았다 는 쪽이 맞겠다. 그 친구와의 만남은 늘 그런 식이다. 언제 보자 고 미리 약속을 잡는 일 없이 문득 연락이 오간다. 1년 만일 때 도 있고, 2년 만일 때도 있다.

"너 사는 근처를 지나갈 것 같은데, 있니?" 있기도, 없기도 하다. 이사 간 지 한참 된 곳에서 연락이 오기도 한다. "이제 거 기 안 살아." 아, 그렇구나. "지금은 여기 살아." 아, 그렇구나. 그렇게 아주 가끔씩 스치듯 지나가는 짧은 만남.

나는 이런 만남의 형식에 각별한 애정을 가진 편이다. 아무런 설명 없이 마음을 열 수 있는 상대와 마시는 테라스에서의 차 한 잔. 짧지만 충분하다고 여겨지는 그 시간 속에서 우리는 그냥 차를 마신다. 그동안 어떻게 지냈는지, 지금은 어떻게 지내는지 묻지 않는다. 누군가 어떤 식으로든 화제를 꺼내야 한다는 압박감이 전혀 없는 시간. 그날의 차 맛에 대해서 한마디씩 할 때가 있지만, 그건 그냥 바람 소리 같은 것. 침묵이 자연스러운 시간이 우리가 앉아 있는 풍경 속으로 천천히 스미는 느낌이 좋다.

자리에서 일어나기 조금 전 친구가 조용히 입을 떼었다. "그런 거 있잖아. 보답 없는 사랑에 열 내고 있는 것 같은 느낌. 그런 느낌 들어서 요즘 좀 힘들었어. 유치해서 말하기도 쑥스러운 그런 거." 말을 하면서 친구가 풋, 웃고 나도 풋, 웃었다. 푸훗, 웃다가 점점 더 웃음소리가 커지면서 우리 둘 다 배꼽을 잡고 의자 뒤로 커다랗게 몸을 젖히며 깔깔거렸다.

그를 배웅하고 천천히 산책해 들어오면서 휘트먼의 시 한 편을 떠올렸다. 오늘 문득 온 만남의 마무리는 오랜만에 시 한 편을 옮겨 적는 것. "유치해서 말하기도 쑥스러운"이라고 스스로 말했으니 이미 그도 잘 알고 있는 이야기일 테지만, 사랑의 이야기는 머리로는 이해해도 가슴으로는 종종 유치한 거니까. 떠난 친구에게 휘트먼의 시를 이메일로 보냈다.

이따금 사랑하는 이와 함께 있으면 보답 없는 사랑에 열을 내고 있는 것이 아닌가 울화가 치밀곤 한다.

그러나 이제 보답 없는 사랑이란 없는 법이고 무슨 수든 보답이 있게 마련이라고 난 생각한다.

(일찍이 한 사람을 열렬히 사랑했고 그것은 짝사랑으로 끝났지만 그로 해서 나는 이 노래를 쓰게 되었다.)

—「이따금 사랑하는 이와」, 휘트먼

사랑에 빠진 이들이 한번쯤 거쳐 가는 과정일 것이다. 때로 시간이 필요하지만, 사랑은 결국 아름다운 것을 발견하고 만다.

사랑을 이루는 게 왜 이렇게 어렵냐고 눈물짓는 젊은 벗!

'이루지 못한 사랑' '이루어질 수 없는 사랑' 등의 말을 유행가 가사에서도 참 많이 만나게 된다. 하지만 이루지 못했거나 이루어질 수 없는 사랑이라는 게 있는 걸까. 사랑의 보답 같은 것이 따로 있는 걸까. 모든 사랑은 '사랑하는 순간' 이미 대가를 치른 것이며 보답 또한 이미 받은 것 아닐까. 한 사람이 한 사람에게 어떤 떨림을 느끼고 그 떨림을 두 사람이 함께 공유한 적이 있다면 그것은 이미 이루어진 사랑이 아닐는지.

미래가 약속되지 않는다 해도, 그 떨림의 순간이 우리의 감각을 드높이며 영혼에 반짝이는 습기를 더하는 놀라운 경험들. 그러니 젊은 벗. 그대를 자유롭게 풀어놓고, 그대의 그대가 오고 가는 것 역시 자유롭게 풀어놓으시길. 릴케를 빌리자면, 사랑은 자기 자신을 더 넓은 세계로 이끄는 용기다. 우리의 할 일은 사랑의 순간들을 즐기는 것이다. 더, 더, 더 맘껏 사랑의 찰나성을 누리는 것이다. 충만하게 누린 오늘의 순간들이 내일이 되는 것이니, 오늘 내가 충분히 사랑했다면 족할 뿐. 모든 것은 무상(無常)하다. 변화의 다른 말인 무상성의 인식은 지금여기의 삶에 최선을 다하도록 우리를 돕는다.

자유와 사랑의 감각은 함께 고양된다. 핵심은 매 순간의 최선으로 '진인사대천명'하는 것(盡人事待天命, 나는 이 말이 참 좋다). 내가 사랑하는 당신은 나의 하늘이다. 당신이 사랑하는 나는 당신의 하늘이다. 지성이면 감천이라 하지만 조금 뉘앙스를 바꿔서, 지성으로 감천시키고자 최선을 다했다면 그것으로 우리는 이미 다 이룬 것이다. 이룬다는 것은 결과론이 아니다. 사랑의 순간들을 충만히 누리는, 그 찰나성의 지극함이 사랑을 드높게 만든다. 진인사 후에는 어찌 되냐고? 내가 최선을 다했다면 나머지는 내 몫이 아닌 거다.

내가 성숙해지는 만큼 성숙한 관계들이 새롭게 나타난다.
사랑하여 스스로 충만한 에너지가 사랑의 첫걸음이다.
사랑의 순간들을 내가 어떻게 누리고 있는지에 좀 더 집중하자.

스스로 행복하지 못하면 누구도 행복하게 해줄 수 없다.

스스로 구원할 수 없다면 누구도 구원할 수 없다.

스스로 사랑할 수 없으면 누구도 사랑할 수 없다.

그러니 자기 자신부터 사랑할 것!

가을에 떠난 너의 이름을
다시 가을이 온 후에 비로소 불러보았다
아무렇지 않았다
여전히 사랑했다

산 사람들 속에 죽은 사람들이 함께 살아서
여기가 진짜 지옥이 되지는 않는 거라고,
나에게 보낸 너의 마지막 편지에
씌어져 있었다 달빛이 따스했다

착하고 슬픈 사람들을 위해 시를 쓰겠다고
달에게 약속했다

- 「나들의 시, *om* 11:00」 中, 『녹턴』

사랑의 노래를
부르지 못하게
한다면

거의 날마다 신문과 방송을 통해 전쟁과 폭력의 뉴스를 접한다. 때로 우리의 삶은 도무지 진보하지 않는 듯해 한숨 나오기도 한다. 희망의 편에 있고자 안간힘을 쓰지만, 절망에 빠질 때가 훨씬 더 많다. 그래도 살아 있는 한, 희망 없이 사는 일의 불우만큼은 피했으면 좋겠다. 희망, 행복, 사랑, 정의, 평화, 이런 말들이 구시대의 유물처럼 취급되지 않았으면 좋겠다.

"요즘 같은 시대에 아직도 꿈을 말해요? 꿀수록 허기지고, 꿀수록 절망이 커지는 게 꿈 아네요? 에이, 밥 먹고살기도 어려운데 무슨 꿈씩이나. 다 배부른 이야기죠." 차가운 거리에 슬픈 말들이 떠돈다. 그래도 살아 있는 한, 꿈꾸는 일이 조롱받지 않았으면 좋겠다. 현실이 어려워 꿈을 포기한다고? 현실이 어려울수록 더 왕성하고 격렬하게 꿈꾸어야 하는 것 아닐까. 격렬히 온몸으로 통과해야 아주 간신히 오늘의 한 발자국을 내딛을 수 있는 것. 그렇게 한발 한발 가는 수밖에 없다. 부정의함이 가득 차버린 세상에서 정의를 꿈꾸는 투쟁이 무슨 의미를 갖겠냐고 누군가 물을 때, 굴복하지 않고 끝내 싸워 정의의 가치를 지켜낸 한 사례 한 사례의 작은 사례들이 모여 언젠가 시스템을 정화할 날이 올 것이라고 이야기하는 사람의 꿈이 지나치게 낭만적이라 치부되지 않기를 바란다. 인류사에서 그나마 아름답다고 할 수 있는 역사는 그런 한 발자국 한 발자국에 의해 만들어져온 것이니까. 꿈꾸기란 삶에 대한 사랑이 지속된다는 것. 꿈 없이, 사랑 없이, 인생이 대체 뭐란 말인가?

꿈꾸기를 지속할 수 있기 위해 우리는 이제 "무엇을 할 것인가?"보다 "무엇을 하지 말아야 할 것인가?"에 대해 적극적으로 사유해야 하는 시대를 살고 있다. 기술 문명, 자본, 전쟁의 20세기를 거쳐오며 우리가 얻은 지구적 성찰에도 불구하고 여전히 일어나서는 안 되는 일들이 일어나고 있지만, 21세기는 '하지 않겠다!'는 개인의 선언과 실천의 힘들이 아마도 세상의 다른 꿈들을 만들어갈 것이다.

지구 저편의 내전과 테러 소식이 조간신문을 점령한 아침, 볼프강 보르헤르트의 시가 떠올랐다.

그러면 그 대답은 오직 하나뿐!

그대! 기계 앞에서, 공장에서 일하는 사람들이여! 만약 그들
이 내일 그대에게 수도관과 냄비 대신에 철모와 기관총을 만
들라고 명령한다면, 그 대답은 오직 하나뿐, '못하겠다'고 말
하라!

(…)

그대! 서재에 앉아 있는 시인이여! 만약 그들이 내일 그대에
게 사랑의 노래를 못 부르게 하고 증오의 노래를 부르라고
명령한다면, 그 대답은 오직 하나뿐, '못하겠다'고 말하라.

(…)

6대주의 어머니들, 세계 각지의 어머니들이여, 만약 그들이
내일 그대에게 찾아와 야전병원에 근무할 간호부들과 새 전
투를 행할 새 병사들을 출산하라고 명령한다면, 그대들이여,
세계의 어머니들이여, 그대의 대답은 오직 하나뿐, '못하겠
다'고 말하라! 어머니들이여, '못하겠다'고 말하라!

　　2차 세계대전 당시 독일군에 징집되어 참전했던 볼프강 보르
헤르트는 꽃다운 나이에 죽었다. 나치를 비판하는 편지를 썼다
가 군 생활의 거의 전부를 감옥에서 보내야 했던 청년 작가. 군

법정에서 사형선고를 받기도 한 그는 전쟁이 끝난 후 병약해진 몸으로 문학의 길에 매진했지만 스물여섯을 넘기지 못했다. 스물여섯. '꽃다운'이라는 말이 딱 거기쯤인 절정의 나이에 그는 죽고 세계는 여전히 전쟁 중이다.

전쟁의 양상은 점점 세련되게 분화되어 이젠 일상의 거의 모든 부분이 사실상 전쟁터다. 인간으로서의 품격을 유지하지 못하게 하는 교묘한 억압들이 도처에 가득하다. 점점 간교해지는 미시 전쟁사, 돈이라는 물신의 권력 아래 노예화되어가는 개인의 존엄을 어떻게 회복해야 할 것인지 고민은 많아지고 실천은 어려워지는 때이지만, 이토록 풍요하게 헐벗은 상품들의 도시에서 끝끝내 아름다울 수 있는 방법은 사랑을 포기하지 않는 길뿐.

증오로 가득한 세상일지라도 증오보다 더 많이 사랑을 노래하는 것이 증오를 이기는 길이다.

불우로 가득한 세상일지라도 불우를 한탄하는 것보다 더 많이 행복해지려고 노력하는 것이 불우를 이기는 길이다.

물신의 노예가 되라고 도처에서 휘황한 밥그릇을 들어 보이며 유혹할 때 "안 하겠다! 못하겠다!" 선언하고 당신과 나는 사랑을 하러 떠나자.

세상의 어둠이 깊으므로 우리는 더 잘, 더 많이, 더 행복하게 사랑하자.

위기에서 스스로를 구한 인간의 역사가 매번 그랬듯이 사랑이 아니면 내 속의, 세상의 악을 이길 수 없다.

우리가 태어날 때부터 가지고 온 능력은 아마도 사랑의 능력이 처음이며 끝일 거라고 나는 가끔 생각한다. 사랑하고자 하고 사랑받고자 하는 열망은 우리가 가진 가장 값진 능력이 아닐까.

전쟁 대신 사랑의 속삭임들이 넘쳐나기를! 폭력 대신 아름다운 섹스가 넘쳐나기를! 사랑하라고, 더 충분히 사랑하라고, 우리는 지상에 자꾸 보내져 오는 것인지도 모른다. 아직 충분히 사랑하지 못하여 세상이 이토록 아프다고, 더 많이 사랑하라고.

이토록 많은
신의 얼굴

뉴질랜드에서 알게 된 친구가 메일을 보내 왔다. 남자친구와 함께 파리에 와 있는데 소르본에서 유학하는 친구들 몇이 동양시를 짓는 모임에서 만났다고, 시인인 내 생각이 나서 안부를 전한다는 메일이었다. 그 친구가 말하는 '아주 짧은 동양시'는 하이쿠였다. 전 세계에 하이쿠 동호회가 퍼져 있는 게 놀랍고 부럽다. 하긴 일본에서만도 하이쿠를 짓고 즐기는 동호인들이 100만 명이나 된다고 하니, 하이쿠의 대중 소통력은 매우 특별해 보인다.

그런데 사실 하이쿠의 시작은 그다지 대중적이지 않았다. 언어유희에 그쳤던 일본 전형시의 한 양태가 17세기 사람 바쇼(芭

蕉)에 의해 문학적 격을 지닌 것으로 발전한 것이 하이쿠다. 친구하고 싶은 마음이 절로 생기는 멋쟁이인 바쇼로부터 19세기의 잇사(一茶)에 이르기까지 탁월한 하이쿠 시인들은 대중적이라고 부를 만한 습속과는 오히려 매우 거리를 유지한 삶을 살았다. 엄격한 자기절제의 모습을 보이며 대부분 방랑자의 삶을 살았던 하이쿠 시인들에게서는 수행자의 면모가 풍긴다.

바쇼야 말할 것 없이 좋지만 잇사의 작품들도 좋다. 잇사의 작품에선 사회적 약자에 대한 사랑과 사회적 유력자에 대한 저항 의식이 자연에의 섬세한 교감과 함께 자연스럽게 표출된다. 불우로 점철된 삶을 살았지만, 잇사가 그려 보이는 세계엔 따뜻한 유머와 작고 미미한 것들에 대한 한없는 글썽거림이 있다.

"어서 나와, 반딧불아, 난 방문을 잠그고 외출할 거야"라며 방에 홀로 갇히게 될 반딧불을 걱정하는 시를 쓰거나, "아이들아, 벼룩을 죽이지 마라, 그 벼룩에게도 아이들이 있으니!"라고 읊을 때 그의 글썽글썽한 마음이 손에 잡힐 듯 가깝다. "반딧불하나가 내 소매로 기어오르네. 그래, 나는 풀잎이다"라고 노래할 때, 여리고 작은 한 생명 옆에 역시 여리고 작은 한 생명으로 자신을 기대어놓는 시인의 마음이 해맑게 드러난다. 그 마음엔 자신이 상대보다 더 크고 힘 있는 무엇이라는 권위 의식이 없다. 비교가 없는 그 마음은 깨끗한 사랑이다.

5, 7, 5의 17자로 구성된 극히 짧은 시 하이쿠에는 계절어가

비가 오면 비가 와서
눈이 오면 눈이 와서
바람 불면 바람 불어서
나날이 모든 날들에
당신이 보고프다

꼭 있어야 한다는 규칙이 있다. 나는 제도나 규칙에 평균보다 지나칠 정도의 두드러기 반응을 보이는 사람이지만, 계절어가 꼭 있어야 한다는 하이쿠의 규칙은 흥미롭다. 하이쿠를 즐기는 동호인들도 계절어에 대한 규칙을 재미난 놀이로 받아들이는 것 같다. 하이쿠를 문학 자체라기보다 문학적인 격을 갖춘 신선한 퍼즐 놀이 같은 것으로 받아들이는 사람들이 세계 각처에서 동호회를 만들어 하이쿠를 전파하는 것일 테다. 계절어가 있어야 한다는 것은 변화하는 사계절 속에서의 인간을 살핀다는 것이므로, 유한한 시간성 속에 놓인 인간 존재에 대한 성찰이 자연스럽게 이루어지는 일인지도 모른다. 그들이 함께 모인 곳의 계절과 날씨에 대해 누가 더 개성적인 표현을 할 수 있는지를 경합하는 사람들을 상상하는 것만으로도 유쾌하다.

좋은 시인들의 좋은 하이쿠가 지닌 묘한 미완의 느낌은 분명 사랑의 느낌에 연결되어 있다. 다 말하지 않으면서 충분히 들으려고 하는 자세. 내 말을 줄이고 저기 떨어지는 꽃잎, 개구리, 뻐꾸기의 노랫소리를 들으려고 정성을 다하는 것. 타인의 말에 마음 다해 귀 기울이는 자세는 이를테면 사랑의 기본기다.

"얼마나 이상한 일인가, 벚꽃 아래 이렇게 살아 있다는 것은!"

잇사의 이 노래에 '그것은 사랑의 힘'이라고 나는 대답한다.

"새벽에 핀 이 꽃들, 나는 내가 보려고 했던 것보다 더 많이

신의 얼굴을 보았다."

이 아름다운 바쇼의 시를 읽으며 나는 가만히 향불 하나를
꽂는다.

300년 전 사람 바쇼의 마음이 지금껏 온전할 수 있었다면 세
상은 좀 더 평화로웠을 텐데. 평화롭지 못한 세상 속에서 그래
도 평화를 소망하는 사람들이 오늘도 이런 마음을 가지고 낮은
자리로 간다. 그들이 있으니 세상엔 아직 희망이 있다 하겠다.

"뻐꾸기가 밖에서 부르지만 똥 누느라 나갈 수 없다."

이것은 나쓰메 소세키가 정치인의 초대를 받고 답장으로 쓴
하이쿠다. 나는 킥킥킥, 즐거워진다.

바쇼가 문하생 기가쿠에게 한 말들. "그대는 무언가 특별한
것을 말하려는 약점을 가지고 있다. 멀리 있는 것들 속에서 반
짝이는 시구를 찾으려 하고 있다. 그러나 사실 그러한 것들은
모두 그대 가까이에 있는 사물들 속에 있다." "소나무에 대해서
는 소나무한테 배우고, 대나무에 대해서는 대나무한테 배우라."
나는 기꺼이 바쇼의 이야기에 고개 끄덕거린다. 비가 오면 비가
와서 눈이 오면 눈이 와서 바람 불면 바람 불어서 나날이 모든
날들에 당신이 보고프다고, 세상의 사랑하는 사람들이 서로의
얼굴에서 신을 보고 배우는 사랑의 힘에 대해 짐작하고 뿌듯해
하면서.

친구에게 보내는 답 메일에 바쇼의 사랑스러운 방랑 규칙 몇
개를 덧붙여 보냈다.

〈바쇼의 방랑 규칙〉

- 몸에 칼을 지니고 다니지 마라. 살아 있는 것을 죽이지 마
  라. 같은 하늘 아래 있는 어떤 것, 같은 땅 위를 걷는 어떤
  것도 해치지 마라.
- 옷과 일용품은 꼭 필요한 것 외에는 소유하지 마라.
- 물고기든 새 종류든 동물이든 육식하지 마라. 특별한 음식
  이 나 맛에 길들여지는 것은 저급한 행동이다. '먹는 것이
  단순 하면 무슨 일이든 할 수 있다'는 말을 기억하라.
- 말이나 가마를 타지 마라. 자신의 지팡이를 또 하나의 다
  리로 삼으라.
- 시를 제외하고는 온갖 잡다한 것에 대한 대화를 삼가라.
  그런 잡담을 나눈 후에는 반드시 낮잠을 자서 자신을 새롭
  게 하라.

그를
사랑했던
첫 마음으로

많은 여자사람과 남자사람을 사랑하는 것처럼 나는 많은 신화 속의 신과 정령들을 좋아한다. 관음보살, 타라, 가이아, 샥티, 아르테미스, 마고, 삼신할미, 바리공주, 서왕모를 좋아한다. 고타마 붓다, 예수, 성 프란체스코, 성모 마리아와 막달라 마리아를 사랑한다. 로자 룩셈부르크, 시몬 베유, 프리다 칼로, 조르주 상드, 황진이, 허난설헌, 메르세데스 소사……. 내가 변함없이 사랑한 여자들은 너무도 많아 일일이 손으로 꼽기에도 모자랄 정도다. 그런데 내가 변함없이 사랑한 남자는? 이런, 꼽아보니 꽤 되기는 하지만 여자들에 비하면 미미한 편이다. 한때 좋아했더라도 더 이상 좋아하지 않게 된 이도 있고, 조금만 좋아하게 되어버린 이도 있다. 그중에 한결같은 사랑을 느끼는 이들이라면 체 게바라와 카를 마르크스 정도다.

에르네스토 체 게바라.

두말할 것도 없이, 체는 내가 가장 사랑하는 남자 중 하나다. '새로운 인간'을 꿈꾼 젊은이. 목숨을 걸고 자신의 꿈을 향해 나아갔고 모험을 두려워하지 않았기에 '새로운 인간'이 된 체 게바라. 스물아홉에 쿠바 혁명군 사령관이 되고, 서른아홉에 죽음의 품격을 지킨 채 총살당한 이 남자의 세상을 향한 뜨거운 사랑은 여전히 나를 감동시킨다. 마지막 게릴라 전투지가 된 볼리비아의 정글로 가는 것을 만류하던 동료에게 체가 남긴 말. "세상에는 두 부류의 인간이 있다. 몸이 이끄는 방향으로 가는 이와 정신이 이끄는 방향으로 가는 이."

인류사의 한 맥락에 전쟁의 역사가 있다면, 그리스 시대 이후 끊임없이 유전되던 "꿇고 사느니 서서 죽겠다"는 말 역시 체에 이르러 가장 생생해진다. 지금 여기의 진실을 구하고 사랑한 이 남자의 자유의 방식은 담대하며 따스한 에로스의 여정이다.

체의 사진을 놓고 매일 기도한다는 볼리비아 할머니를 한 다큐 필름에서 본 적 있다. 세상에 태어나 체처럼 친절한 눈빛으로 자신의 이야기를 들어준 사람은 없었노라고 말하는 할머니. 수많은 볼리비아 민중들이 기억하는 체의 친절함이 그의 마음

깊은 곳에서 진심으로 흘러나온 것임을 나는 느낀다. 가식 없는 깨끗하고 깊은 진심의 뜨거움을.

사랑하고 싶은, 이미 사랑한 남자. 전투지의 밀림 속에서 괴테를 읽던 남자. 긴장이 감도는 막사에서도 사진기를 들고 작고 아름다운 것들을 찍기를 좋아하고 모처럼의 휴식엔 밀림의 형태를 그대로 따라가며 아무런 장비 없이 골프를 치던 남자. 전투가 끝나고 별이 빛나는 밤에 딸에게 주는 시를 속삭여주는 남자. 마치 세상의 한 귀퉁이에서 내가 정면으로 마주쳤던 것처럼 다정하고 대담하며 빛나는 눈빛을 보여준 남자. 출구 없는 세상의 한쪽 벽을 반복해서 비추며 스스로 온몸을 던져 뚫고 나가려던 사내의 체취를 손에 잡힐 듯 느낀다.

"모든 진실된 인간은 다른 사람의 뺨이 자신의 뺨에 닿는 것을 느껴야 한다"고 말하는 이 남자는 사랑이 왜 혁명인지 알고 있다.

어떤 날은 체 게바라 추모곡 컴필레이션을 종일 듣기도 한다. 체는 말한다. "내 나이 열다섯 살 때 나는 무엇을 위해 죽어야 하는가를 놓고 깊이 고민했다. 그리고 그 죽음조차도 기꺼이 받아들일 수 있는 하나의 이상을 찾게 되면, 나는 비로소 기꺼이 목숨을 바칠 것을 결심했다. 먼저 나는 가장 품위 있게 죽을 수 있는 방법부터 생각했다. 그렇지 않으면 내 모든 것을 잃어버릴 것 같았기 때문이다. 문득 잭 런던이 쓴 옛날 얘기가 떠올랐다. 죽음에 임박한 주인공이 마음속으로 차가운 알래스카의 황야 같은 곳에서 혼자 나무에 기댄 채 외로이 죽어가기로 결심한다는 이야기였다. 그것이 내가 생각하는 유일한 죽음의 모습이었다."

체 게바라의 죽음에 대한 사유는 삶에의 사랑이었을 것이다. 아인슈타인이 아프리카를 사랑했던 것처럼, 국경이 없고 구획이 없는 삶을 살았던 체. 아르헨티나에서 태어나 볼리비아 밀림에서 죽은 그는 사람의 땅, 사람의 역사를 온몸과 온 힘으로 다만 사랑했다. 진정한 코스모폴리탄이자 로맨티스트였던 체. 그는 가장 좋은 의미에서의 시인이다. 삶 전체로 가장 아름다운 시를 완성한 사람.

체를 떠올릴 때 함께 떠오르는 시는 나로서는 당연히 카를 마르크스의 것이다. 카를 마르크스, 그 역시 진심으로 인간을 사랑했던 진정한 코스모폴리탄이자 로맨티스트이니까.

시인의 사랑

−카를 마르크스

언제까지나 시인은 사랑하지 않으면 안 된다
언제까지나 불타고
언제까지나 강하라
파도가 시인을 떠내려 보낼 때까지

호흡이 시인으로부터 지워질 때까지

시인이 한번 가슴의
깊은 곳에서 끌어안은 것
시인의 혼을 꿰뚫고 지나간 것
그것은 영원히 정신 안에서 불타고 있다

청춘과 감정이 남아 있는 한
시인은 언제까지나 불타고 있다
그리고 그 불꽃은 결코
이 세상의 혼란에 꺼지지 않는다

아름다운 것은 그리움이다
흔들리며 움직이는 섬세한 빛이다
영혼 쪽으로 보다 가까이 다가가라
시인이여
뜬구름에 정처 없이 실려서
우리를 지배하는 것은
영원한 그리움, 영원한 고통
투쟁하는 것,
이것이 시인의 할 일이다

카를 마르크스가 청년기에 쓴 시다. 그가 처음 시를 쓰기 시작한 것은 15세 무렵이었고, 본격적인 시작(詩作)은 고등학교 시절 '청년 도이치 문학 서클'에 가입하면서부터였다. 본(Bonn) 대학 시절에는 '시인 동맹'의 멤버로 활약했는데 그곳은 독일 낭만파의 본거지였다. 생전에 발표한 시는 단 두 편이었지만, 문학청년의 열정은 소외된 노동과 인간성 회복 방안을 평생 탐구한 철학자로서의 그의 심장을 이루는 한 맥박이었을 것이다.

『경제학 철학 수고』를 읽던 날의 충격을 잊을 수 없다.

"인간이 인간일 때, 그리고 세계에 대한 인간의 관계가 인간적인 것일 때, 그럴 때 당신은 사랑을 사랑과만, 신뢰를 오직 신뢰와만 교환할 수 있다."

더할 나위 없이 아름다웠다. 이런 범주의 책이 이렇게 아름다울 수 있다는 것이 스무 살의 내겐 엄청난 충격이었다. 내가 『공산당 선언』을 좋아한 이유도 아름다웠기 때문이다. 그 책들의 아름다움을 나는 인간에 대한 사랑이라고 이해한다. 먼 훗날 그가 스스로의 입을 통해 내뱉은 말, "나는 마르크스주의자가 아니다!"에 이르기까지. 세상의 모든 일하는 사람들이 자본과 권력의 직간접적 억압으로부터 벗어나 오직 자기 자신으로 사랑받을 수 있기를 원했던 사람. 사랑은 사랑과만 교환되기를, 신뢰는 신뢰로만 교환되기를! 그러므로 지금 사랑하는 당신은 어떤 대가 없이 오직 사랑하기를. 인간 대 인간으로 맨 얼굴로 만나기를. 대가 없이 먼저 사랑을 주기를. 더, 더, 더 많이 사랑을 주기를.

사랑이 사랑으로만 교환될 때. 이것은 산술적인 맞교환이 아니다. 진정한 만남을 통해 내면을 확장시키는 무한한 플러스, 사랑의 창조다.

당신의 사랑이 창조의 느낌으로 더욱 충만하기를 바란다. 내가 창조적인 느낌으로 살아 있을 때 사랑도 빛을 발한다. 내가 사랑하는 한 사람과의 관계로만 사랑을 좁혀놓지 말 것도 부탁한다. 연애는 서로를 성숙하게 하고 헌신을 배울 수 있게 한다는 점에서 놀랍게 아름다운 일이지만, 세상에는 다른 종류의 관계들이, 나와 연루된 수많은 타인들이 존재한다는 것을 잊지 않는 자세 역시 중요하다.

프로이트에게 멀미를 느낄 때쯤 모든 관계의 문제가 리비도로 종속되는 것에 대한 회의와 환멸이 들었더랬다. 세상엔 여전히 굶어 죽어가는 이들의 컴컴한 암흑이 있고, 전쟁이 있고, 자본의 탐욕과 '절대 가난'이 부른 질병들이 도처에 창궐한다. 사랑의 힘이 그 모든 세계의 상처들로 자신을 확장시키는 것에 있지 않고, 자신을 끝없이 창조하는 데 있지 않고, 사랑의 동굴로 처박히게 하는 것에 있다면 그것은 사랑의 한쪽 얼굴만을 바라보며 사랑을 짝사랑하는 일이 될 것이다.

"세상을 이롭게 할 수 있는 능력을 스스로 기를 수 있게 해주세요."

언제, 어디서, 누구에 의해 얻게 된 생각인지는 알 수 없으나, 어찌 된 일인지 이런 기도가 소녀 시절의 내 일기에 종종 끼어들곤 했다. 그리고 청소년기에 이런 기도 제목을 가졌던 사람들이 의외로 많다는 것도 알게 되었다. 사랑하는 사람들과 세상을 위해 힘이 되어주고 싶은, 이것이 보통의 삶을 사는 평범한 사람들의 심성이다.

우리를 완성하기 위한 노력의 기쁨을 알고 있다.

'공동선.' 나는 아직도 이 말의 울림에 가슴 떨린다.

큰 사람과 함께 있을 때 우리도 커진다.

당신과 함께 있어서 참 좋다.

당신이라는
풍경들

당신을 보고 있다.

나를 보고 있다.

당신을 보고 있지 않은 것처럼 당신을 보고 있다.

나를 보고 있지 않은 것처럼 나를 보고 있다.

볼일이 있어 시내에 나간 길이었다. 모르는 사람이지만 알고 있는 것만 같은 뒷모습이었다. 급한 볼일이 있는 듯 빠르게 걷던 여자가 갑자기 휘청거렸다. 하이힐의 한쪽 굽이 부러지며 꺾인 탓이었다. 넘어진 여자는 까진 무릎에 아랑곳없이 서둘러 일어났고, 부러진 구두를 수습해 절뚝거리며 걸어갔다. 한쪽 발에 무게중심이 쏠린 기우뚱한 여자의 뒷모습. 얼굴이 발갛게 달아오른 채일 것이다. 입술을 꼭 다문 채일 것이다. 자꾸 바닥을 향하려는 시선을 애써 끌어올려 저만치 앞을 보고 있을 것이다. 그러나 눈동자는 흔들리고 있을 것이다. 알 수 있다. 나도 그런 적이 있으므로.

서울이라는 도시에서 어떻게든 살아보려고 안간힘 쓰던 20대의 어느 날, 학원 일을 시작하던 첫 무렵이었다. 평소 신지 않는 하이힐을 신고 하루 종일 강의를 하고 퇴근하던 길. 발목도, 발등도 퉁퉁 부어 가난한 방으로 돌아가던 길에 하이힐 굽이 부러져버린 날이 있었다. 지하보도를 내려오다 휘청거리며 넘어졌을 때, 넘어진 내 옆을 스쳐가는 사람들의 발자국 소리가 너무나 크게 들려온 날. 서둘러 가야 하는 무슨 긴급한 볼일이라도 있는 것처럼 바삐 몸을 털고 일어나 괜히 시계를 보며 빠르게 걸어가던 내 뒷모습. 절뚝거리면서도 허리와 목을 더 꼿꼿하게 세우려고 안간힘 쓰면서, 마치 아무 일도 없던 것처럼.
집으로 돌아오는 길의 마지막 골목에 들어섰을 때 기어코 눈물이 터졌다. 찝찔한 눈물이 입술을 적신 후에야, 비로소 부러진 하이힐과 부러지지 않은 다른 쪽을 모두 벗었다. 신발을 손에 들고 긴 골목을 맨발로 걸어 집으로 가던 길. 별안간 터진 눈물 뒤끝에 나는 또 별안간 웃음을 터뜨리며 걸었더랬다. 실수

살아 있다는 것이 얼마나 아름다운 것인지,
아름다운 것이 얼마나 아픈 것인지,
얼마나 고요하고도 생생한 핏자국인지,
당신의 뒷모습이 모두 말해주었다.

야, 실수했어. 젠장, 눈물은 열라 맛이 없군. 빌어먹을, 눈물 맛
골목 끝! 눈물, 맛없다고! 꺼져버려! 내가 할 수 있는 욕들을 한
마디씩 해보면서 하하하, 웃으면서 여전히 목과 허리를 꼿꼿하
게 세운 채 하, 하, 하.

당신을 보고 있다. 절룩거리며 걷는 당신. 무릎이 많이 까진
것 같아 가방이라도 들어주고 싶은데, 혼자 걷기 무안하지 않
게 말 친구라도 해주고 싶은데, 아니다, 그런 종류의 친절이 당
신에게 불필요하다는 것을 안다. 그 옛날의 나도 그랬을 것이
다. 그런 모습으로 혼자 걷고 있을 때 그저 혼자이길 원했을 것
이다.

너무 친절하지도, 너무 건조하지도 않은 거리가 필요할 때
있다. 그렇게 당신의 뒷모습을 바라보며 나는 속으로만 말했다.
"괜찮아요! 이런 일쯤 아무것도 아닌 거 알고 있죠?"라고.

이상하다. 당신을 보고 있었고, 당신을 향해 속말을 했을 뿐
인데, 당신 옆에 내가 보였다. 부러진 굽을 들고 쩔쩔매며 지하
보도를 걸어가던 내 뒷모습. 그 모습을 바라보며 "괜찮아요! 이
런 일쯤 아무것도 아닌 거 알고 있죠?"라고 말하는 한 여자가
보인다.

당신을 보고 있다.

왜 자꾸 내 눈에 당신이 보이는지.

우리가 모두 아프기 때문일 것이다.

아픈 세상에서 견뎌내고 있다는 것만으로도 나는 당신을 향해 사랑한다는 말을 하고 싶어지기 때문이다.

노을 속에 서 있는 당신을 보았다. 당신은 노을을 바라보는 위치였으나 당신보다 조금 뒤쪽의 내게는 당신이 노을의 한 부분으로 무너지고 있는 것처럼 보였다. 아주 붉게 당신이 울고 있다, 는 느낌이 들었다.

죽지 말아요, 사랑하니까 죽지 말아요.

모르는 당신을 향해 내가 중얼거렸다. 당신의 뒷모습은 아름다웠다. 살아 있다는 것이 얼마나 아름다운 것인지, 아름다운 것이 얼마나 아픈 것인지, 얼마나 고요하고도 생생한 핏자국인지, 당신의 뒷모습이 모두 말해주었다.

그러므로 모르는 당신에게 사랑한다, 고 말한다.

모르는 사람을 어떻게?

모르겠다. 분명한 것은, 그 순간의 내 사랑은 진심이었다.

세상에는 모르는 당신의 뒷모습을 향해 힘내라고 말 건네는 사람들이 있다.

견디는 당신이 누군가에게 용기가 되는 순간들이 있다.

달이 지구를 이처럼 사모하지 않았으면
지구의 시간은 계절 밖을 떠돌았을 것이니
금이 간 뼈를 보름처럼 구부리고
파도를 밀며 끌며 오는 사랑아 이 섬 어딘가

죽음보다 질긴 사랑이 있어
우리가 낳은 혼례의 어린 몸들 깊으니
일곱 잠째의 밀물이 이번 생엔 없는 것이어도
다음 생의 첫 잠으로 올 것을 아네

- 「사릿날」中, 『내 몸속에 잠든 이 누구신가』

마야코프스키를
읽는 밤

"나의 시를 엄숙하게 손처럼 쳐들고 / 변함없이 진실하게 / 그
대를 사랑하노라고!"

흰 눈이 펑펑 내리는 밤이었다. 갑자기 떠오른 사람이 마야코
프스키였다. 흰 눈 속에 '흰'이 한가득한 자작나무 숲, 레닌그라
드, 네바 강, 보드카, 페치카, 뭐 그런 것들이 한꺼번에 떠올랐
기 때문인지도. 시를 손처럼 쳐들고 선서하는 시인의 마음, 희
디흰 그런 마음이 그리웠는지도.

마야코프스키는 서른일곱 살에 자살했다. 여러 이유가 있었
을 것이다. 혁명의 순수한 열기를 감당하기엔 너무도 일찍 제도

화되어버린 공산주의 체제에 대한 비극적 절망 때문이었을까. 릴리 브릭과의 이루지 못한 사랑이 문제였을까. 그의 권총 자살은 유토피아를 꿈꾼 뜨거운 심장의 삶을 마감하는 데 어쩐지 적합한 양식이었다는 생각이 들기도 한다. 리볼버, 라고 말할 때 여전히 몸 어딘가 뜨거워지는 청춘의 감각. 마야코프스키의 최후를 떠올릴 때마다 이상하게도 나는 비틀스의 노래를 중얼거리게 된다. "Happiness is a warm gun……." 탄식하듯 섞이는 mama, 라는 말과 함께 멈칫거리며 하늘을 올려다볼 때가 있다.

스무 살 무렵 내가 사랑했던 시인 마야코프스키. 사랑한다고 말하는 게 벅찰 정도로 그 무렵 그는 내게 빛나는 존재였다. 내가 가지고 있는 마야코프스키의 시집 중 『내가 아는 한 노동자』의 뒷장에는 이렇게 적혀 있다.

밤새 눈이 오고 은사시나무 이마를 스치며 아침 별들이 지나
간다. 죽창 스친 자리처럼. 사람과 사람 사이 사랑이 어떻게
오는지 그가 뜨거운 목소리로 내게 물었다. 봄이 가까운데
큰 눈이 온 아침. 1989 초. 선우

1989년 2월에 초판으로 나온 마야코프스키의 시집을 스무 살의 내가 밤새 읽었나 보다. 나의 메모에 남겨진 어떤 화끈거리는 기운들. 그러나 부끄럽지 않다. 나는 그때 최선을 다해 혁

명과 청춘을 사랑했으니까. 비록 그것이 절망의 방식으로 수렴되었다 해도, 그 순간들의 최선만이 삶을 지속해올 수 있었던 가장 큰 힘이었다고, 나는 지금도 믿고 있다. 희망과 절망이 실은 다른 몸에서 나오는 것이 아니라는 것도. 다시 과거로 돌아간다 해도 나는 그때처럼 살았을 것이다.

마야코프스키를 흔히 혁명의 시인이라고 한다. 스무 살의 내가 마야코프스키의 시집을 사러 서점으로 달려갔던 것도 '혁명의 시인' 마야코프스키를 만나기 위해서였을 것이다. 그런데 스무 살의 내가 적어놓은 오래된 메모를 보고 나는 조금 놀라며 미소 지었다. '사람과 사람 사이에 사랑이 어떻게 오는지'라고 적고 있는 스무 살의 나는 '사랑의 시인'으로 마야코프스키를 받아들이고 있었던 거다. 그토록 뜨겁게 뒤척이던 혁명에의 꿈이 곧 사랑의 발로임을 말하고 싶었는지도 모른다.

내가 마야코프스키를 존경에 찬 시선으로 사랑했던 스무 살 무렵에는 그와 릴리 브릭의 사랑에 관해 알지 못했다. 그의 권총 자살을 순수한 혁명의 열정을 상실하며 제도화되어가는 당과의 불화로 여겼고, 민감하고 뜨거운 예술가의 감성이 타락해가는 혁명을 받아들일 수 없어 선택한 결정이었다고 생각했다. 그런데 그의 삶에는 릴리 브릭이 있었다. 당시 유명한 문학평론가였던 오십 브릭과 그의 아내 릴리 브릭, 그리고 그들 부부가 애정과 존경을 함께 표하며 사랑했던 시인 마야코프스키. 이 기묘한 트라이앵글이 마야코프스키의 문학과 삶에 미친 영향은 매우 복합적인 것이었으리라.

아무튼 그가 자살한 나이보다 훨씬 더 많이 나이 든 나는 이런 생각을 하게 된다. 그가 진정으로 창조적인 휴식을 취할 수 있는 사랑을 얻을 수 있었다면 자살을 선택하지 않을 수도 있지 않았을까 하고. 자살은 죽음을 취하는 하나의 방법일 뿐, 나는 자살이라는 죽음의 방식이 특별히 나쁜 것이라고 생각하지는 않는다. 그러나 너무도 극적인 죽음은 통증을 남긴다. 그리고 모든 비극적인 죽음에는 사랑의 결핍이 있음을 알고 있다. 사랑한다면, 죽을 수 없다.

나는 당신을 사랑한다. 당신도 나를 사랑한다. 사랑한다면, 끝끝내 살고 싶어지게 된다. 인간이 다다를 수 있는 어떤 극한이라도 견디게 하는 것은 미움도 증오도 아닌 바로 사랑 때문이라는 걸, 나는 이제 안다. 그것이 사랑의 한계이자 무한 확장하는 사랑의 힘이기도 하다는 것을.

아무리 복잡한 삶을 사는 사람일지라도 가만 들여다보면 밑바닥의 욕망은 단순하다. 사랑하고 사랑받기를 원하는 단순한 열망. 사람은 사랑하고 싶어 하고, 사랑받기를 원하는 존재다. 어쩌면 그게 전부다.

9.11 때 빌딩에서 떨어져 내린 사람들이 마지막으로 지상에 전하고픈 말이 "사랑한다, 사랑한다"는 말이었다. 내가 만약 어

떤 사지에서 기어코 살아나오고자 안간힘 쓰게 된다면 그것은 오직 사랑의 힘으로서만 가능할 것이다. 우스갯소리지만, 나는 오래전부터 이렇게 생각해왔다. 사막에서 길을 잃으면 나는 사막을 벗어나려고 안간힘 쓰지 않고 결 좋은 모래 언덕에 몸을 누이고 별이나 실컷 바라보면서 조금씩 말라가야지. 삶을 향해 발버둥치지 않고 그렇게 기꺼이 죽음에 가까워지는 것을 택할 것 같다고. 이런 내가 만약 사막에서 살아 나오고자 안간힘 쓴다면, 그것은 사막 바깥에 누군가 껴안고 사랑한다고 말해주어야 할 사람이 있기 때문일 것이다.

사랑이여, 내 안에서 번갯불처럼 머뭇거리니 고맙다.

* 추신

마야코프스키의 유서에는 이런 말이 적혀 있다고 한다.

"릴리, 나를 사랑해주오."

그녀는
아름다웠다

아름다운 얼굴을 만나면 기쁘다. 오래 보고 싶어지고, 다시 만나고 싶어진다. 한 얼굴을 기억한다. 강원도 오대산 월정사에서 주최한 문화축전에 간 길이었다. 독자들과 함께 아침 산책을 하며 문학 이야기를 나누는 프로그램 때문에 아침 일찍 월정사 전나무 숲을 걷는 참이었다. 길 저편에서 벙거지를 쓰고 배낭을 메고 걸어오던 한 여자가 나를 알아보더니 빠르게 다가와 반갑게 인사했다. 2년쯤 전에 만난 적 있는 한 극단의 연극배우인데, 요즘 이곳 축제에서 인형극을 한다고 했다. 인형극도 하느냐고 물었더니, "무대가 있는 곳이면 어디든! 새로 배우는 재미도 있고요!"

환하게 대답하는 그녀의 얼굴에 내 시선이 붙박였다. 아름다운 얼굴이었다. 인형극 무대이니 무대화장이 필요 없는, 아무런 꾸밈없는 말 그대로의 민낯에서 배어나오는 그 환함! 쓰고 있던 모자의 챙을 위로 활짝 들어 올리고 나와 눈 마주친 채 그녀는 반짝이는 눈빛으로 이런저런 그간의 이야기들을 빠르게 전했는데, 나는 그 순간에 '아, 하고 싶은 일을 하고 사는 사람은 이렇게 빛이 나는구나' 싶어서 내내 흐뭇했다.

알 사람은 다 안다. 문화예술계의 많은 사람들이 얼마나 곤궁하게 사는지. 최소한의 벌이로 최대한의 시간을 견디는 '능력자'들이 예술계에는 정말 많다. 극소수의 성공한 스타를 꿈꾼다면 절대로 오래 지속할 수 없는 일이 예술이다. 그래서 이 분야에선 경쟁이라는 말이 사회의 다른 분야와는 질적으로 다르다. 좋은 작품을 보면 아, 나도 훌륭한 것을 써야지, 만들어야지, 연기해야지, 그려야지, 하는 욕망이 생기는 것이 예술계의 경쟁 심리라고 할까. 저마다 다른 개성들이 자기만의 독자성을 최고 수위로 확보하기 위해 고투하는 곳이므로, 누가 누구를 이긴다는 비교와 경쟁의 개념이 애초에 불가능한 곳이 여기다. 예술가를 끌고 가는 힘은 자존감이고, 이 세상 누구와도 비교할 수 없는 나만의 예술을 위해 나아가는 이들이니 저마다의 분야에서 다들 전문가다. 사회에서 전문직이면 고소득자를 떠올리지만,

전문직이면서도 가난한 사람들이 가장 많은 곳이 예술계다. 재밌는 것은, '전문직 가난뱅이'들이 가장 많은 예술계에 자존감 짱짱한 아름다운 얼굴들이 사회의 다른 분야에 비해 상대적으로 많다는 거다. 이유가 뭘까, 생각할 때 떠오르는 가장 중요한 것은 이 계통이 단순 비교와 경쟁 우위가 통용되지 않는 저마다의 개성을 추구하는 판이라는 것.

가난한 예술가들의 빛나는 얼굴을 만날 때 나는 세간에 흔히 인문학 열풍으로 통용되는 인문예술의 힘을 느낀다. 사회적 관점에서 볼 때 돈을 창출하지 않고 비생산적이며 쓸모없어 보이는 일들인 인문예술이 인간의 영혼에 어떻게 결정적으로 작용하는지, 이들이 지켜가는 자존감을 보면 느낄 수 있다.

그러나 한 개인이 돈으로부터 자유롭기는 얼마나 어려운가. 경제적 조건이 점점 더 나빠지고 있는 상황이라 더욱 그렇다. '조금 벌고 많이 존재하겠다'는 영혼의 야망을 가진 이들이 생존의 위기를 더 이상 견디지 못하고 예술계를 떠나는 것을 자주 본다. 가난이 내 영혼을 좀먹는 상황을 더 이상은 견딜 수 없고 견뎌서도 안 되겠다는 다짐과 함께 그들은 떠난다. '돈 벌면 다시 돌아와야지. 영혼의 무대인 곳, 예술로.' 돌아오리라 결심하지만 결국 못 돌아오는 경우가 더 많다.

인류를 인류이게 하는 핵심에 예술과 철학이 있다고 믿지만, 예술사와 철학사의 배면에 흐르는 가장 질긴 싸움은 돈으로 표상되는 물질과의 투쟁사다. 물질에 잡아먹히지 않고 인간의 영혼과 내적 성숙과 창조의 광야를 어떻게 드넓힐 것인가.

어떤 선택을 하든 조건은 너무나 좋지 않다. 딱히 예술계의 문제가 아니라, 돈을 벌어서 돈의 압박으로부터 자유로워지는 것도 현실적인 어려움이 너무나 많고, 돈에 쪼들리면서 살 수밖에 없는 조건임에도 돈에 잡아먹히지 않고 개인의 삶을 지켜내기도 참으로 어렵다. 그런데 어떻든 사회 다른 분야에 비해 예술계에서는 가난을 친구처럼 데리고 살면서도 자존의 해맑은 품격을 유지하는 이들이 상대적으로 많고, 이런 사람들을 만날 때 나는 특별히 감동한다. 돈이 많은 이들의 선행도 아름답지만, 돈이 없는 이들이 자존감을 지키며 살아내는 일을 보는 것은 몇 배나 더 눈물겹다. 한 사회 구성원의 절반 이상, 한국 사회라면 80퍼센트 이상은 돈에 늘 쪼들리는 와중에 자존감을 지켜가야 하는 상황이므로 더욱 그렇다.

어려운 생존 조건에도 불구하고, 자존의 품격을 유지하려는 안간힘. 그 노력이 이끄는 소박한 자유 앞에 자유란 실은 이처럼 소박한 쟁투의 끝없는 과정임. 무슨 거대한 이데올로기로 외쳐지는 자유가 아니라, 매일의 자신의 일상을 비인간적인 것들에 잡아먹히지 않고 보호하려는 노력과 소소한 일상의 작은 승리들. 그 순간들이 자유의 길임을.

오대산에서 만난 그녀에게서 내가 받은 감동의 핵심에 생활의 어려움에도 불구하고 잘 지켜진 자존감과 자유로움이 있다. 그녀보다 객관적으로 훨씬 예쁜 여자 배우들은 셀 수 없이 많다. 더 많이 외모를 꾸미고 더 비싼 옷과 액세서리로 치장한 훨씬 젊고 유명한 젊은 배우들에게서 그녀만큼 '아름답다!'는 느낌을 받아본 적이 드물다.

나는 예쁘다와 아름답다를 구분해서 쓰는 사람이다. 예쁘다와 아름답다 사이에 어여쁘다는 말을 쓴다. 예쁜 사람들은 TV 속에 아주 많다. 물려받은 유전자가 좋고 거기에 관리까지 잘되어 외모가 훌륭한 예쁜 사람들. 그런데 예쁜 건 그냥 예쁜 거다. 예쁜 것이 감동을 주지 않고, 예쁘기 때문에 동경하게 되지는 않는다. 예쁘고 몸매 좋은 외모는 유전자의 몫이고 개인의 노력과는 상관없는 것이므로 그것은 개인의 성취가 아니다.

노력해서 얻는 성취가 아닌 것들이 깊은 감동을 주는 경우는 거의 없다. 아름다운 사람은 다르다. 아름다운 사람은 보고 있을 때 감동이 온다. 배우고 싶고, 동경하게 되고, 꿈꾸게 된다. 사람의 마음을 움직이는 힘은 아름다움에서 나오고, 자존감 낮은 사람에게서는 아름다움을 느끼기 어렵다.

객관적으로 충분히 근사한 사람 중에도 자존감이 떨어지는 사람이 있고, 지극히 평범해 보여도 자존감이 높은 경우가 있다. 오대산에서 만난 그녀의 얼굴은 자신의 삶을 사랑하는, 자존감 높은 사람의 빛이 얼마나 근사한지 단적으로 보여주는 얼굴이었다. 아마 지금쯤 또 어디 낯선 곳의 무대에서 지역의 어린이들, 노인들, 살아내느라 고단한 이 땅의 평범한 부모들과 함께 인생을, 사랑을 교환하고 있을 것이다.

사랑, 복면,
인터뷰

20대 시절, 나는 술에서 깰 때의 비현실적인 느낌을 사랑했다. 술맛보다 술 깨는 시간의 고즈넉한 통증을 사랑했다. 온몸이 적당히 아픈 나른함 속의 몽환적인 비현실감을 사랑해서 그렇게 종종 만취한 날들이 있었다는 것. 그런 아침엔 모차르트의 레퀴엠을 들었다. 지상의 모든 레퀴엠 중 오직 나의 레퀴엠은 모차르트의 것. 숙취 해소제인 레퀴엠, 오 나의 레퀴엠, 만취한 다음 날에만 레퀴엠을 듣던 청춘.

40대에 접어든 이후, 나는 이제 만취할 정도로 술을 마시지 않는다. 술도, 담배도, 내 인생에서 떠나보냈다. 레퀴엠은 남았다. 이제 나는 만취하지 않고도 레퀴엠을 듣는다. 석양이 몹시 아름답거나 눈부시게 꽃이 졌거나 첫눈이 오는 날.

오늘은 첫눈이 왔고, 레퀴엠을 들으며 이메일을 열었다. 모르는 사람으로부터 메일이 와 있었다. 우연한 기회에 복면 인터뷰를 읽고 인상 깊어 책을 찾아보게 되었다는 전언. 기쁜 인연이구나. 그런데 복면 인터뷰? 기억이 가물거려 구글링을 했더니, 뜬다. 와, 한번 기록된 것들의 무시무시한 생존력에 순간 흠칫했다.

Q 시계를 자주 보십니까?

A "단풍 들 때 봐!" "첫눈 내릴 때 전화해." "해질 무렵 보러 갈게." "문득 만나." 내가 좋아하는 약속의 말들이다. 좋게 말하면 무심, 적나라하게 말하면 무책임해 보이는 말들……. 그중에 내가 제일 좋아하는 말은 단연 '문득'이다. 문득 누군가 보고 싶고, 문득 전화를 하고, 문득 떠나고, 문득 돌아온다. 이기적이다. '문득'이란 시간 체험은 몹시 주관적인 거니까. 오직 홀로된 자신만이 문득의 시간을 안다. 쯧쯧. 이러니 애초에 '사회생활'이란 내게 그림 속의 '네온사인 피는 도시'인 것이다. 그 도시를 열렬히 원해본 기억도 실은 없지만, 그 도시가 이런 나를 순순히 받아들여줄 리도 만무. 그러니 혼자서도 잘 놀 수 있는 작가가 장땡이다. 글을 쓰는 일을 업으로 삼고 대도시 출입을 그다지 좋아하지 않는 글쟁이로 여러 해 살다 보니 이제 도시의 시

간은 적당히 나를 포기해주었다. 저 좋을 때 '문득' 나타나고 사라지는 일에 군이 부연설명하지 않아도 되어 참 좋다. "작업 중이야." 그걸로 구구한 설명을 하지 않아도 되는 과분한 삶. 시계를 자주 보지 않아도 되는 삶. 아유, 감사해라.

Q 천사를 만난다면 인간으로서 자랑하고 싶은 것은?
A "(당신이 '말 그대로' 천사라면) 당신은 당신의 죽음에 대해 생각할 필요가 없겠군요. 아유, 심심하겠어요! 인간은 종종 죽음을 생각하며 삶의 황홀을 맛보죠. 죽음 때문에 우리는 자주 쓸데없는 생각에 빠진답니다. (정말 황홀한 건 '쓸데없는 짓들'에서 종종 출발하죠.) 어떻게 죽는 게 '잘' 죽는 것일까? 어떻게 품위 있는 죽음을 맞을 것인가? 죽음 이후에 무엇이 있을 것인가? 죽음을 사유할 필요가 없다면 철학하기는 힘들겠고, 문학하기는 더욱 힘들겠고, 죽은 것들이 어떻게 산 것으로 몸 바꿔 입는지 실감하기란 애당초 어려울 테니, 어째요, 심심해서, 어찌 천사의 삶을 견디죠?"

Q 세계 역사에서 기억하고 싶은 명장면이 있습니까?
A 헉! 무엇이 '세계'이지? 뜨아! 무엇이 '세계 역사'이지? 알 수 없다. 데이터를 끄집어내보려고 눈썹을 모으고 '생각하는 사람' 자세로 동공의 초점을 모은다. 아아, 도대체 생각할수록 미궁이

맘껏 사랑하고 사랑받고
자유롭고 자유롭게 하는 것.
스스로 충만한 시간을 누리고,
내 존재로 다른 누군가를 더불어
충만하게 할 수 있다면!

다. 아침에 눈을 뜨면 날마다 새로운 세계가 탄생하는데. 날마다, 달마다, 유정한 모든 순간들마다 전혀 새로운 세계가 불쑥 태어나 생로병사하는데. '지금 이 순간'만이 세계인데. 역사라고? '순간'들이 퀼트처럼 이어 붙여진 그거 말이지? 한 조각의 순간밖에 실은 없는, 무정한, 유정한 그 조각보들. 조각보는 한없이 크고 넓게 끝없이 이어 붙일 수 있고 내 손길은 몇 개의 조각을 이어 붙이다 사라질 텐데. 끝이 안 보이는 조각보 저 끝에서 누군가 방금 이어 붙인 조각을 향해 아침 인사하고 싶어지는 내가 있다면 하! 참 기특하지. 당신, 당신, 당신들인 나, 나, 나에게 인사할래요. 사랑하는 당신이 세상에 나와 처음으로 숨을 들이쉬고 내쉰 바로 그 순간, 그 '명장면'을 기억하고 싶어요!

Q "나는 고발한다"라고 외치고 싶은 사건이 있습니까?

A 이 질문지를 받은 2009년 11월 22일. '4대강 살리기 첫 삽 뜨다' 운운하는 뉴스. 부끄러움 모르는 저 언어 사기를 고발하고 싶다. 얻다 대고 '살리기'래? 녹색을 사칭한 채 돈 세는 것밖에 관심 없는 사람들이 지껄이는 언어도단에 치욕을 느낀다. 아직도 이런 반생명적 토목 건설 공사로 돈줄을 관리하는 이 나라의 무지와 야만. 사기죄로 고발하고 싶다. 세상에, 저렇게 작정하고 강을 죽이려 드는 짓을 너희 나라 사람들은 그냥 두니? 너희 나라 학자들은 다 뭐 하니? 너희 나라 작가들은 다 뭐 하고 있

니? '4대강 사업' 때문에 졸지에 후진국의 후진 작가가 되어버렸다. 후진국이라는 거 인정할 수밖에 없지. 아직도 이런 반생태적 토목공사가 횡행하는 나라니까. 약자와 소수자에 대한 배려가 야만적 수준이니까. 그런데 말이지. 정치하는 사람들이 후진 통에 졸지에 후진 작가가 되어버리는 건 억울하다. 무지하고 뻔뻔한 정책으로 시민과 작가를 통째 후지게 만드는 정치꾼들, 명예훼손으로 고발하고 싶다.

Q 늘 해보고 싶어하면서도 하지 못하는 일은?
A 별로 없다. 해보고 싶으면 그냥 한다.

Q 김선우의 '포기할 수 없는 가치'가 있다면 무엇인지요?
A 사랑과 자유.

Q 김선우에게 행복이란 ○○○이다.
A 맘껏 사랑하고 사랑받고 자유롭고 자유롭게 하는 것. 스스로 충만한 시간을 누리고, 내 존재로 다른 누군가를 더불어 충만하게 할 수 있다면!

Q 요즘 품고 있는 고민거리나 '불편한 진실'은 무엇입니까?
A 갈수록 글쟁이라는 것을 축복으로 느끼게 된다. 맨몸에 펜 하

나면 어디서든 무엇이든 쓸 수 있다! 멋진 일이다. 뭔가 '쓰고 있는 순간'을 떠올리면 행복해진다. 쓰고 있는 것을 끝내는 순간, 그다음 쓰고 싶은 것이 떠올라 몸이 근질거리는 순간의 전율. 글쟁이임을 흔쾌히 긍정하는 바로 그 순간, 덜컹, 동시에 불편하다. 문학이 우리의 삶에 어떤 긍정적인 영향을 미칠 수 있을지, 문학을 통해 우리 삶이 어떻게 아름다워질 수 있을지, 우리 삶의 질이 문학을 통해 어떻게 풍요로워질 수 있을지, '나'는 어떻게 '우리'와 만날 것인지, 20대 초반에 품었던 질문들이 이제는 그냥 '문학'이 아니라 '내 문학'으로 말머리를 바꾸어 내 앞에 도사리고 있다. 그렇지……, 그런데…… 나는 어디까지 쓸 수 있을까? 내 문학이 굶주려 병든 아이의 입속으로 들어가는 죽 한 숟갈보다 가치 있는 순간을 만들 수 있을까? 우리 앞에 버티고 선 차디찬 절망들 앞에서 내 문학은 무엇을 할 수 있을까? '다만 쓸 뿐'이라고 우선은 대답하지만……. (*)

출처가 인터넷서점에서 운영한 문화웹진 《나비》로 되어 있다. 기억난다. 그 인터뷰 코너의 제목이 복면 인터뷰였지. 복면을 쓴 질문자와 맨얼굴의 응답자. 오래전 인터뷰인데, 그때나 지금이나 여전히 사랑과 자유 타령인 내가 나는 좋다. 앞으로도 쭉 좋았으면!

타령 중 제일 좋은 것은 역시 사랑 타령이다.

에필로그

이 책을 쓰는 동안 함께한 친구들을 떠올립니다. 등단 이후 20년 동안 글쟁이로 살면서 제가 만난 독자들 말입니다. 문학이 점점 위축된다고 하지만 문학 독자들은 여전히 힘이 셉니다. 볼 것도 놀 것도 많은 이 현란한 시대에 여전히 시집이나 소설책을 읽는 시간을 누리려는 독자들에게는 '생의 느낌'에 충실하려는, 세상이 요구하는 속도에 함몰되어 살지 않겠다는 건강한 욕망들이 살아 있습니다. 다른 분야에 비해 분명 소수인데 말랑말랑한 영혼을 지닌 소수라서 강력하고 생생합니다. 처음 10년 동안 우리의 이야기는 문학의 범주 안에서 변주되었지만 어찌 된 일인지 다시 10년이 흐르는 동안 사랑과 자유, 행복과 꿈, 지금과는 다른 삶의 가능성 등 삶의 문제 전반으로 이야기가 확장되었습니다.

여전히 문학이 중요한 축이지만 문학을 매개로 우리가 나누고 싶은 것이 삶의 이해임을, 그리고 무엇보다 사랑의 이해임을 깨닫게 된 시간들이었지요. 함께 앓아온 상처들, 가장 내밀한 곳에 사랑의 문제가 있었습니다. 사회가 어떻게 바뀌어도 인간에게 늘 절박한 기본적인 문제가 사랑입니다. 사회적 고통은 구조의 문제에서 기인하는 경우가 많지만, 개인적 고통은 사랑의 문제에서 발생하는 경우가 대부분입니다. 연인이나 부부간 문제만이 아니라 부모 자식 간, 친구 간에도 사랑이 늘 문제입니다.

 벗들의 얼굴과 목소리를 떠올리며 이 책을 쓰는 동안 아팠고, 행복했습니다. 30대 중반에 사랑을 주제로 한 에세이를 쓴 적이 있습니다. 20, 30대의 사랑 예찬이 고스란히 살아 있는 글들이었지만, 40대 중반에 펼쳐본 그 책은 조금 부끄러웠습니다. 사랑에 대한 긍지는 넘쳤으되 저는 그때 꽃 자체에 너무 홀려 있었던 거예요. 꽃 한 송이를 제대로 이해하는 일이 뿌리와 줄기와 이파리를 포함한 꽃의 온몸을 이해해야 하는 일임을, 뿌리 내린 대지와의 관계성까지 총체적으로 살펴야 하는 일임을 차츰 알아가면서 독자들께 '사랑에 관한 한 권의 책'을 약속했습니다.

 10년 전 미숙했던 사랑 에세이가 비로소 완전해진 것 같아 다행입니다. 가장 고마운 일은 독자들로부터 자발적으로 부여받은 숙제, 사랑에 관해 사색할 때 곁에 두면 힘이 될 책을 쓰겠노라고 한 숙제를 이제야 마쳤다는 겁니다. 책을 쓰면서 개별적인 사정들은 가능한 물밑으로 가라앉혀서 일반적으로 공감할만한 상황을 중시하려고 했습니다. 다정하게 부르고 싶지만 객관적인 거리를 유지하려고 노력했고요. 제 책상 모니터 한쪽에서 저와 함께 여러 밤을 지새운 벗들 덕분에 용기를 내어 마지막까지 쓸 수 있었습니다.

벗! 악착같이 살아서 사랑합시다. 지금 여기, 한 번뿐인 생이잖아요. 더불어 함께이니 고맙습니다.

책제목 선정에 도움을 주신 예비 독자들

박진영 최성이 박하 박종권 고은석 윤민지 심주영 MickeyIm 정석환
박유라 김병곤 김상훈 이지우 임경순 장전영 이승찬 박선희 백민희
김도연 김지훈 YunJiRim 이정아 민경 박종서 이하정 최인서 서동휘
KaylaLim GyureeKim 김주미 이선희 김인아 송영대 황희정 정희수
SanggwonBark 황소라 YeonjiJo 홍이경 YuSeockSeo 한윤미 함보희
JihwanRyu 김선 나정 앨리 이소민 백현숙 함서현 강연주 민병찬
이혜연 김현준 김승환 김지연 한미경 심경하 정해나 SeungChanLee
홍만택 임미지 강승연 박춘동 JeHyunPark JUYun 정은정 백종훈
MinjooKim 이민아 고효진 최예림 Innocentio Dae Han Bae 오연정 조현주
박진희 박예진 정성희 임애리 하현지 김찬경 육종원 한서희 조명순
Chanmi Park 박소연 Jaemin Kim Tommy Kim Kyuwoong Lee Hui Sol
이재현 Philja Kim 호봉준 이여경 Jeon Minji YeongsinWoo 조성원
Kyeong Ae Kim 함승희 조고은 김선희 김나연

본문에 삽입된 작품들의 화가 리스트

에곤 쉴레(Egon Schiele, 1890~1918)

콘스탄틴 소모프(Konstantin Somov, 1869~1939)

펠릭스 발로통(Félix Vallotton, 1865~1925)

잔 에뷔테른(Jeanne Hébuterne, 1898~1920)

앙리 드 툴루즈 로트레크(Henri de Toulouse Lautrec, 1864~1901)

구스타브 드 스메트(Gustave de Smet, 1877~1943)

니코 피로스마니(Niko Pirosmani, 1862~1918)

에드바르트 뭉크(Edvard Munch, 1863~1944)

구스타프 클림트(Gustav Klimt, 1862~1918)

KI신서 6913

사랑, 어쩌면 그게 전부

1판 1쇄 인쇄 2017년 3월 25일
1판 1쇄 발행 2017년 3월 30일

지은이 김선우
펴낸이 김영곤
펴낸곳 ㈜북이십일 21세기북스

출판기획팀장 정지은 **책임편집** 윤경선
디자인 씨디자인: 조혁준 함지은 김하얀 이수빈
출판사업본부장 신승철 **영업본부장** 신우섭
출판영업팀 이경희 이은혜 권오권 홍태경
출판마케팅팀 김홍선 배상현 신혜진 박수미
제휴마케팅팀 류승은
프로모션팀 김한성 최성환 김선영 정지은
홍보팀 이혜연 최수아 백세희 김솔이
제작팀장 이영민

출판등록 2000년 5월 6일 제10-1965호
주소 (우 10881) 경기도 파주시 회동길 201(문발동)
대표전화 031-955-2100 **팩스** 031-955-2151
이메일 book21@book21.co.kr

ⓒ 김선우, 2017

㈜북이십일 경계를 허무는 콘텐츠 리더

21세기북스 채널에서 도서 정보와 다양한 영상자료, 이벤트를 만나세요!
북이십일과 함께하는 팟캐스트 [북팟21] 이게 뭐라고'

페이스북 facebook.com/21cbooks   **블로그** b.book21.com
인스타그램 instagram.com/21cbooks   **홈페이지** www.book21.com

ISBN 978-89-509-6913-4 03810